転生陰陽師・三

～二度と地獄はご免なので、閻魔大王の神気で無双します～

賀茂一樹

赤野用介
カバーイラスト hakusai
口絵・挿絵 きばとり

TOブックス

第三章　逢魔時

目次

てんせいおんみょうじ・かもいつき

カバーイラスト hakusai
口絵・挿絵 きばとり
Design AFTERGLOW

賀《か》茂《も》一《いつ》樹《き》

冤罪で地獄に堕ち、
そこで染みついた魂の穢れを
浄化するため
輪廻転生した陰陽師。
閻魔大王から
神気を与えられたことにより
莫大な呪力量を誇る。
穏やかで落ち着いた
性格だが、転生の経緯から
冤罪が嫌い。
陰陽師事務所を開設し、
妖怪退治に励み穢れの
浄化に邁進中。

相《あい》川《かわ》蒼《あお》依《い》

イザナミの分体である山姫。
気が枯渇し人を喰って
山姥化するのを防ぐため、
一樹と式神契約を結んだ。
普段は大人しく
大和撫子といった雰囲気だが、
怒ったときは結構怖い。
八咫烏たちからは
母親のようになつかれている。

人物紹介

てんせい
おんみょうじ・
かもいつき

五鬼童沙羅《ごきどうさら》

陰陽大家である五鬼童家の娘で紫苑の双子の姉。
鬼神と大天狗の血を引いている。白神山地の絡新婦
討伐戦で命を救われた恩を返すため、一樹の事務所で
働くことになった。柔和で面倒見の良い性格だが、
蒼依とは一樹をめぐってしばしば火花を散らすことも。

水仙《すいせん》

絡新婦の妖怪。白神山地の戦いで一樹に敗れ、
式神契約を結んだ。目標はA級に至って
受肉すること。人懐っこそうな雰囲気を
しているが、打算的で人間的な情はない。
ただ、蒼依には上下関係を叩き込まれている。

五鬼童紫苑《ごきどうしおん》

陰陽大家である五鬼童家の娘で沙羅の双子の妹。
勝ち気で負けず嫌いながらもツンデレ気味な性格。
沙羅が一樹の側にいることをあまり良くは
思っていないが、助けられたのは事実なため
複雑な心境になっている。

第三章　逢魔時

第一話　姫魚の予言

「陰陽師協会って、新しい組織なのよね」

陰陽師協会の常任理事会は、五月と一一月に行われる。

栃木県の中禅寺湖で、ムカデ神と争ってから半月後の五月一日。

一樹は奈良県で、常任理事会に出席していた。

大雑把に五月とされる中で、五月一日の最速で開催されたのは、急ぐ事情があったからだ。

現在の常任理事は、真のA級である七名のみ。

一人が会長、もう一人が副会長を兼ねるので、出席者は合計で七名しか居ない。

その一人である一樹は、必ず出席するようにと要請されており、同じA級陰陽師でもある高校の理事長から学校を公欠扱いにするとまで言われて遠征した。

会議室で、大人しく開催を待つ間。

世間からは『蛇神の娘で怖い』と噂されるA級二位の宇賀が、一樹に気安く話し掛けてきた。

宇賀は、現在の副会長を務めている。

「陰陽師協会は、明治三年（一八七〇年）に天社禁止令が出されて、陰陽寮が廃止された後に結成したのよ。少し前の話になってしまったわね」

四字熟語には『十年一昔』があるが、一五〇年以上前ならば大昔だ。

当時の人間は、残らず死んでいる。その代わりに人類史には、数多の悲喜こもごもが、書き連ねられていった。

自身の寿命からは長大に感じた一樹は、宇賀の言葉を否定せず、尺度を変えて答えた。

「陰陽師の歴史と比べれば、新しい組織だと思います」


明治の新政府は、「近代兵器で妖怪を退治する時代に入った」と豪語して、陰陽寮を廃止した。

数が少ない陰陽師を呼ぶよりも、誰もが使える銃火器を用いたほうが早い。

銃火器を用いた鬼の討伐数は、陰陽師による調伏数を確かに越えていった。

そして政府から『時代遅れ』と放逐された陰陽師達は、協力体制を維持するために、新たな組織を立ち上げた。それが現在の陰陽師協会である。

協会本部が置かれたのは、奈良県御所市。

御所市の西側にある白雲岳に広い土地が買い占められて、そこに一柱を祀る神社が建立されて、協会本部が設けられた。

「神社でお祀りしているのは、御方でしょうか」

「ええ。御所市には相殿神があったけれど、やはり主祭神でないとね」

協会が東京から離れた奈良県に設置されたのは、中央政府と距離を置く目的もあったのだろう。

だが真の理由は、一樹をA級中位かつ序列六位と定めた『御方』にあったらしい。

「陰陽寮が廃止された後、銃で倒せない霊に協力してあたるために組織したのが、陰陽師協会よ。そして常任理事会は、その最高意思決定機関ね」

「教えていただき、ありがとうございます」

一樹が軽く頭を下げると、宇賀は小さく頷いた。

「陰陽寮を廃止した政府のほうは、銃では倒せない妖怪変化や悪霊に直面したわ」

「銃で倒せるのは、精々が中鬼くらいまでですからね」

大鬼であれば、現代で使われている戦車でも勝つのが難しい。

「そうね。それに倒せたところで、怨霊化したらどうするのかしら」

宇賀が指摘したとおり、倒した相手が怨霊化して物理攻撃が効かなくなれば、お手上げだ。

「地元の神主が祓える悪霊は、小物程度ですからね」

銃火器で理不尽に倒されれば、恨みも深まる。

より手強い怨霊を生み出して、一体どうするのか。

「陰陽寮を廃止したのは、失敗だったわ」

だが政府は面子のためか、責任問題を回避するためか、陰陽寮廃止の方針は撤回をしなかった。

そのため地方は、野に下った各地の陰陽師に強く要請して、妖怪変化の脅威に対抗した。

「それで放逐された陰陽師は、お国のために、地元のためにと要請されて、断れずに協力したの」

各地の陰陽師達は苦労したが、陰陽師協会の助力を得て、危機を凌いでいった。

放逐された陰陽師側にとっては、なんとも理不尽な話である。


土地と安全の維持は、そうやって騙し騙し続けられた。

だが戦後の高度成長期に入ると、陰陽師への報酬と妖怪の脅威とが、釣り合わなくなった。

社会が経済成長で盛り上がる中、陰陽師は安く使われすぎて、割に合わなくなったのだ。

時代的にも、お国のためにという名目で半強制的に従えることは難しくなった。

「戦後の高度成長期に入ると、義理人情で安く使われた陰陽師は、行政の依頼を受けなくなって、民間の依頼を受けるようになったわ。資本主義というやつね」

「まあ当然でしょうね」

物価が上がると、安月給では生活していけない。

陰陽師には高価な道具も必要で、その質は、現場に出る陰陽師にとって命に関わる。

政府は、陰陽師の依頼料が高騰して不都合が生じると、かつて放逐した陰陽師達を、再び指揮下に置くことを考えた。

陰陽師を監督する省庁を作り、陰陽師協会に対して東京への移転を求めたのだ。

協会が政府から移転を求められたのは、一九五九年。

その年は、一九六四年に行われたオリンピックの開催地が東京に決定した年だ。

当時を生きていない一樹でも、政府の狙いは容易に想像が付く。

「開発予定地に蔓延《はびこ》る霊を祓わせるために、陰陽師を指揮下におきたかったのですね」

薄桜色の髪を持つ宇賀は、桜のような穏やかな笑みを浮かべた。

「勿論、取り合わなかったわよ」

陰陽師協会の発足メンバーでもある宇賀は、政府の要求を断った張本人だ。

宇賀は協会が発足するよりも、さらに古い時代から生きてきた。

下の名前である『みや』は、一六七一年に書かれた宗門改にも載っている。その古風な名前から考えても、少なくとも数百年は生きている。

宇賀のほかには、一位の諏訪と三位の豊川も最古参だ。

彼ら彼女らは、活動期間からも分かるとおり、身体が人間寄りではない。

一位の諏訪は、依代《よりしろ》となる人間は世代交代しているが、宿る神の魂は同一だ。

三位の豊川は、五〇〇年以上を生きた気狐《きこ》という妖狐だと知られている。

そして協会の副会長は、宇賀と豊川が交代で担っている。


だが一樹は、世間の宇賀に対する認識に疑いを抱いた。

一樹は先般、白蛇から白龍に昇神した龍神と、娘の柚葉に、間近で接している。

その際に感じたのは、ネットリと絡み付くような、湿気を帯びた蛇の気質だ。

――宇賀様からは、蛇とは異なる気を感じる。

宇賀に対して違和感を抱いた一樹は、慎重に言葉を紡いだ。

「お祀りする神社があるのでしたら、移転できませんね」

「そうでしょう。神社ごと移転する案を出してきたけれど、追い返してやったわ」

「それは酷い提案ですね」

土地と結び付く神に移転しろとは、非常識にも程がある。

宇賀が怒って担当者を追い返しても、世間は理解を示すだろう。

「そしたら要求した自治庁が廃止されて、自治省になった後でまた来たけれど、もちろん追い返してやったわ。ちょっとだけ派手にね」

だから宇賀は、怖いと噂されるのかもしれない。

かくして役人達が追い返された結果、陰陽師協会の本部は現在も奈良県に置かれている。

陰陽師が国家資格である以上、政府の面子を立てる折り合いくらいは、付けたのだろうが。


宇賀が協会の歴史を話したところ、隣で聞いていた三位の豊川が補足した。

「わたくしにも要求が来ましたが、断りました。わたくし達と五鬼童家は、東京には行きません。

賀茂は、行きたいですか？」

五鬼童家の本拠地は、一三〇〇年以上も昔から奈良県だ。

奈良県に在った五鬼童家であれば、数代前は協会の設立にも関わっていただろう。

常任理事の七名中四名、それも上位四名が不動の反対派だと知った一樹は、長い物に巻かれた。

「応じないほうが良いと思います。若輩者ですが、私も移転に反対します」

六位の一樹が加わって、七名のうち一位から四位、そして六位の大多数が反対派に名を連ねた。

多数決であれば、反対派が七割を占める。

実力行使でも、反対派が勝つのは明白だ。

一樹が協会長に顔を向けると、A級五位でもある向井は頷いた。

「現在のA級には、移転賛成派は居ない。我々は、独立した組織だ」

七位の花咲に視線を送った一樹は、花咲も肯定の意を示して頷くのを見た。


移転反対が、『常任理事会の総意』だと一樹が理解したところで、協会長が宣言した。

「それでは定刻よりも早いのですが、全員揃いましたので、今年一回目の日本陰陽師協会、常任理事会を開催します。お手元の資料をご覧ください」

一樹が手元の資料を捲ると、中には陰陽師協会の決算報告が載っていた。

協会の主たる収入は、協会を経由した所属陰陽師への依頼料の一割。

それを本部と都道府県支部が折半している。陰陽師一万人が稼ぐ総額は、年間一兆円を上回る。

昨年度の本部収入は、五一九億六五四四万円だった。

そのほかの大きな収入には、引退した陰陽師が作成して卸す霊符の一般販売もある。

支出には、殉職陰陽師の遺族への見舞金、調伏失敗時の被害弁済立て替え払いが目に付いたが、収入に比べると圧倒的に少ない。

本部の内部留保は、軽く一兆円を上回る記載があった。

——この収支なら、二五年くらいあれば余裕で貯まるか。

協会の無駄遣いの少なさに、一樹は感心した。

このように健全な組織は、通常であれば国や都道府県から天下りを押し込められる。

だが政府に追い出されて設立された民間組織であるために、天下りは受け入れていない。むしろ現在の総務省陰陽庁の長官が、元A級陰陽師で、逆天下りしている。

——逆天下りは、変かな。そもそも政府とは、上下関係が無いんだよな。

そのように一樹が妄想するほど、見事な収支であった。

前年度の予算が報告された後は、新年度の予算案が示された。

「必要が認められる費用は削らず、費用対効果の乏しい固定費は増やさず、投機は行わず、堅実に運営するのが従来の方針です」

初参加者の一樹に配慮して元来の方針が説明された後、予算案は満場一致で可決した。

「続きまして、各都道府県に所属する陰陽師の等級と数をご報告します」

資料にはB級陰陽師を筆頭に、約一万人の陰陽師の所属が、多少は偏って載っていた。

——A級が載っていないのは、都道府県に留まらない活躍が求められるからか。

資料に記された増減で目立つのは、B級陰陽師が減った東北地方だ。

青森県で一名、秋田県で二名が減っており、補充できていない。

ほかにも、B級不在の都道府県がいくつか目に付く。

次のページには、昇格候補であるC級陰陽師の名前、所属、経験年数、備考などが載っていた。

その中には、A級怨霊のキヨを従えた安倍晴也も記されている。

これまでのC級妖怪を倒した実績。

統括陰陽師を出した安倍家の血統。

A級の怨霊を任意で協力させている事象。

そしてキヨの件では、報告者として一樹の名前も書かれている。


「安倍陰陽師に関する特異事例の報告は、賀茂常任理事が行っているが、どの程度の戦力だ」

報告者の名前と顔を見比べながら、協会長が質した。

資料には、晴也が式神としての使役しているのではなく、怨霊を任意に協力させている旨が明記されている。そのため一樹は、問われた戦力についてだけ答えた。

「B級上位の牛鬼でも勝てないと判断しましたので、戦力はA級と考えます」

「ならば本人の意思を確認したうえで、B級で良いだろう。魑魅魍魎に襲われる人が求めるのは、助けてくれる結果であって、手段ではない」

協会長の説明は、至極もっともだった。

襲われて、助かるか否かの二択であれば、助かる選択しか有り得ない。

その際の手段など、二の次だ。

陰陽師は妖怪調伏にあたり、法律に反しない範囲であれば、いかなる手段を用いても構わない。

生贄を使うなどは法に反するが、怨霊のキヨを用いても違法ではない。

特に反対意見も出ずに、晴也を含む数人の候補がB級に昇格したところで、宇賀が意見を述べた。

「統括責任者って、必要なのよね。全ての都道府県支部に、常時置いて欲しいわ」

宇賀は、現状に懸念を抱いている様子だった。

青森県など一部の県では、統括者が不在だ。

それらの都道府県にB級陰陽師が住んでいれば、おそらく問答無用で統括者に成る。

陰陽師に求められるのは、『妖怪を倒せるか否か』であって、学歴や職歴ではない。一樹がB級陰陽師で、青森県に住んでいたならば、今すぐにでも統括陰陽師になっただろう。

だが実力者は不在であり、代替手段は、C級上位の陰陽師を昇格させる形となる。

「一度座らせると、本人の名誉や尊厳を保つためにも、容易に動かせません。将来はB級に昇格が出来そうな候補が、順調に育っている地域もありますので」

向井が協会長として説明すると、宇賀は呆気なく引き下がった。

「目算があるのなら、それで良いわよ」

あまりに容易く引き下がる宇賀に対して、一樹は意外性を感じた。

常任理事会は、一位から三位までの人外である古参達が、長老のように場を仕切っているのかと思っていたのだ。

だが人間側が意見を出せば、それには反対しないらしい。

協会長が用意した案が可決されて、常任理事会の議題は概ね終わった。

「それでは、その他の事項に移ります。宇賀副会長より、お話があると事前に伺っております」

「そうなのよ。放置すると困ったことになるから、Ａ級で対応しないといけないの。適任は賀茂陰陽師だから、お願いしたいのだけれど」

困ったことになると断言した宇賀は、一樹を指名した。

「それは一体、何でしょうか」

「疫病を流行らせる妖怪よ。薬は効かなくて、以前は江戸だけで、数十万人が死んだわね」

先ほど引き下がったときと同様に、宇賀は軽い口調で答えた。

◇◇◇◇◇◇

「飛行機で移動するのかと思っていました」

午前のうちに常任理事会が終わると、一樹は宇賀に連れられて、長崎県に移動させられた。

国土地理院によれば、奈良県と長崎県の県庁間は、五九三キロメートル。

陸路と空路の安全性を比較するなら、飛行する妖怪の少ない日本においては、空路も悪くない。

だが宇賀の選択肢は、新幹線だった。そのため到着時間は、夜になる予定だ。

「空から落ちたら痛いでしょう」

「それは痛いでしょうね。間違いなく」

痛いで済む問題だろうかと、一樹は訝《いぶか》しんだ。

高度一万メートルから、パラシュート無しで落ちて生き残った一般人は、実在する。森林地帯の斜面を飛行機で滑り落ち、木々が衝撃を緩和したそうだ。

A級上位の力を持つ陰陽師であれば、より可能性は高まるだろう。上手く対応できれば、痛いで済むのかもしれない。

宇賀と同じA級の一樹は、もちろん試したいとは思わないが。

「目的地は無人島だから、貴方の幽霊巡視船で移動しても良かったのだけどね」

「無人島ですか」

「そうよ。本当の無人島だから、平戸市に着いたら、船を出して頂戴」

そもそも一樹は、疫病を流行らせる妖怪への対策で、連れて来られたはずだ。

役目を担わされた件については、一樹も受け入れている。今回の問題は、人間社会に疫病が流行る危機への対応だ。

一位から三位までは、人外。

四位の義一郎は、鬼神と大天狗の子孫。

五位の向井は、陰陽師協会の会長職を担う。

六位が一樹で、会長を除けば、人間で最上位だ。

人間の問題が起きれば、人間が対応するのが筋で、人外に放り投げるほうがおかしい。

陰陽師協会の常任理事になった一樹は、責任を自覚しているし、多少はやる気もある。

だが疫病と無人島の関係は分からず、無人島に連れて行かれることには困惑した。

「なぜ無人島に行くのでしょう」

「現地に着いたら説明するわ……ちょっと、お姉さん。アイスあるかしら」

一樹の質問を軽く流した宇賀は、車内販売でアイスを買い求めた。

さらに新幹線弁当とお茶も買って、支払いを済ませると、弁当を一樹のテーブルに載せる。

「貴方のお昼よ」

「ありがとうございます」

説明するつもりが無いのだと理解した一樹は、渋々と弁当を広げた。

「暇だし、雑談でもしましょうか。少し前になるのだけれど」

宇賀の話は、明治時代の無人島についてだった。

一八九九年（明治三二年）五月、ミッドウェー近海のパール・エンド・ハーミーズ礁で難破した『龍睡丸』の乗員一七名が、太平洋の無人島でアオウミガメや魚を食べて凌いだ実話がある。

四ヵ月後の同年九月、乗員達は『的矢丸』に救助されて無事帰国したと新聞で報じられた。

彼らは網を作って魚が大量に捕れるようになった後、島に三〇頭ほど居たアザラシに、魚を分け与えたそうだ。そしてアザラシ達も、人間に懐いたという。

話題を変えられた一樹は、宇賀の長閑《のどか》な話に付き合って時間を潰した。

長崎県への到着後、一樹が連れて行かれたのは、本当の無人島であった。

所在地は、長崎県平戸市にある沖合の無人島。

人工の光は存在せず、周囲は見渡す限り、暗い海が広がる。

一樹が見上げた夜空は、宝石箱の中身を撒き散らしたかのような星々が、数多の煌めきを放っていた。夜の穏やかな波が、浜辺に押し寄せては引き返し、一樹を眠気へと誘う。

――生憎とアオウミガメやアザラシは、生息していないようだけどな。

アオウミガメは熱帯から亜熱帯に生息し、ハワイ諸島では四月中旬、小笠原諸島では四月下旬から産卵を行う。

辿り着いた時期は間違っていないが、長崎県までは産卵に来ない。

アザラシも同様に繁殖地にはしていないようで、周囲にはネズミばかりが生息していた。

「もうっ、ネズミの住処になっているのは、忌々しいわね」

日本人は、あまりネズミを好まない。

稲作の米を食い荒らされれば、農耕民族は怒るだろう。

少なくとも好きという感情には、成り得ない。

世界的に考えてもネズミは、旧約聖書中の一書『レビ記』で不浄とされ、イスラム教の法制度シャリアでもナジス（不浄）とされて、嫌がられる。

ネズミを好きだと思うのは、ネズミを食べる蛇などだろうか。

――やっぱり宇賀様、蛇じゃないよな。

水仙を出して、妖毒を塗った糸で近付くネズミを駆除させながら、一樹は無人島まで連れて来た宇賀に尋ねた。

「どうして、こんな島に来たのですか」

無人島の周囲には、宇賀と一樹を除いて誰も居ない。

一樹が回答を求めると、徐ろに宇賀は語り始めた。

「海の魔物には、予知能力を備えるものがあると言われるわ。日本では、アマビエや姫魚。アマビエは、厚生労働省が新型コロナウイルス感染対策で啓発に使ったから有名だけれど、姫魚は知っているかしら」

「一応、陰陽師として一般的な知識はあります」

姫魚とは、疫病の予言を行った竜宮の使いである。

日本にコロリ（コレラ）が発生した一八二二年（文政五年）から三年前、一八一九年（文政二年）に肥前国平戸（長崎県平戸市）の沖で、姫魚（ひめうお）という存在が浮き上がった。

それは二本の角を持った女性の顔で、下は魚のような姿をしていた。

自らを「竜宮よりの使い」だと名乗り、「七か年の豊作とコロリ（コレラ）の流行」を予言したあと、「難を逃れるには我が姿を描いてみるとよい」と言って、海中に沈んでいった。

同様の存在として、神社姫という人魚に類する予言獣や、江戸時代に描かれた海出人之図という人魚の絵姿もある。

姫魚は、沖合に浮かび、予言した後に沈んでいった。

頭が人間で、下半身が魚であるため、人魚ではないかとも考えられる。

一樹はまざまざと、世間では蛇神の娘とされている宇賀の姿を見詰めた。

——髪飾りを付けていれば、角と見間違えるかもしれないな。

宇賀は桃色の髪に、珊瑚の簪《かんざし》を付けている。


「姫魚が、何か予言をしてくれましたか」

一樹は宇賀に対して、あなたは人魚ですかとは聞かなかった。

人魚の肉を食べた人間は、歳を取らず、一〇〇〇年の寿命を得るという。

その例としては、八百比丘尼《やおびくに》という不老長寿の女性が有名だ。人魚の肉を食べた彼女は、八〇〇歳まで生きた時、数え年で一七歳から一八歳の姿のままだった。

人間が妖怪などにならず、人間のままに不老長寿を得られる手段は、希少だ。

人魚のほかには、竜宮城が由来の貝などが知られるが、企図して手に入れられる物ではない。

そのため人魚は、不老長寿を得たい人々から、様々に狙われてきた。

A級上位の宇賀であろうとも、日本中に知られれば、無事では済まない。

宇賀を狙わないと確信できる相手は、元々が長寿の人外などに限られる。

一樹を無人島に連れ込んだのは、正体を明かして変な気を起こされても、一対一であれば勝てる力が有るからか。

はたして本当の地獄を知る一樹は、愚かな迷いは見せなかった。

僅か一〇〇〇年を若いままに生きることと引き替えに、大焦熱地獄で四三京六五五一兆六八〇〇億年もの責め苦を受け続けるなど、まっぴら御免である。

そんな一樹の様子を見定めた宇賀は、穏やかに微笑みながら予言を告げた。

「コロリが流行るのだけれど、貴方でなければ防げないわ。絵姿みたいな神頼みは要らないから、対処して頂戴。場所は、教えてあげるわ……と、姫魚が言っていたらしいわよ」

「それはそれは、ありがとうございます」

微笑を浮かべた宇賀の言い様に、一樹は苦笑で応じた。

二〇〇年前の「我が姿を描け」とは、対処不能時の神頼みであったらしい。

具体的に指示された一樹は、人魚が予言した地に、向かうこととなった。

◇◇◇◇◇◇

五月一日の夜。

長崎県で予言を聞いた一樹は、蒼依に連絡を取った。

疫病をもたらす妖怪に対応するにあたり、蒼依と沙羅に助力を求めたのだ。

学校は、五月三日からゴールデンウィークに入る。そのため学校を休まなくても良い。

もしも休み明けまで役目が長引いたとしても、一樹が宇賀に要請されたことを知っている理事長が、同好会の活動扱いで公欠扱いにしてくれる。

陰陽同好会の設立は、一樹にとって想定外の恩恵があった。

「明後日の朝、山梨県へ向かってくれ」

「朝から移動して、夕方前までに合流してくれれば大丈夫だ」

一樹が蒼依と沙羅を呼んだのは、戦力に数えられるからだ。

蒼依がB級上位の力を持つ山姫で、沙羅はB級中位で空も飛べる。

一樹は陰陽師だが、式神使いの人間で、接近戦に持ち込まれると弱い。

以前、C級上位だった水仙に妖糸で引き摺られ、泥まみれになったこともある。

A級下位の牛鬼と、B級中位の絡新婦《じょろうぐも》は影に控えているが、蒼依と沙羅も呼べば戦力が上がる。

自身の安全性が高まるのだから、近接戦で自分より強い二人を一樹が呼ばない理由は無い。

『八《や》咫《た》烏《がらす》達は、連れて行きますか』

蒼依に問われた一樹は、少し考えた後、連れて行かないことにした。

「山狩りは、A級三位の豊川様が、沢山の狐を使って手伝って下さるそうだ。いきなり共同作戦は難しいから、今回は連れて行かない。期間は、長くても五日ほどだ」

『分かりました。五日ほど留守にすると、伝えておきます』

蒼依が不在を伝える相手は、八咫烏達だ。

卵から孵化された八咫烏達は、一樹と共に育てた蒼依を自分達の母親だと認識している。

蒼依が式神同士で気を介して「五日留守にするから遊んでいて」と伝えたならば、五日を理解したうえで、言われたとおりに遊び回る。

八咫烏達は鬼だけではなく、県内の子供達と遊んだりもするし、市内の老人宅で寛《くつろ》いだりもしているので、遊び先には困らないだろう。

蒼依に依頼した一樹は、翌朝には長崎県から本州へと舞い戻った。


一樹が赴いたのは、山梨県南巨摩郡身延町。

市ではなく町である時点で、人口が少ないことは察せられた。

「田舎だなぁ」

日本では地方自治法によって、一般的に「市」へと昇格できる人口は五万人以上とされる。

市に昇格すれば、地方交付税が増えて議員給与も上がるため、人口五万人以上で市に昇格しない町は、基本的には存在しない。

一度『市』に昇格すれば、人口が五万人を割り込んでも、『町』に戻す義務は無い。

戻すこと自体は可能であり、財政破綻した北海道夕張市では検討されたが、今のところ日本では市から町に戻った前例は無い。

すなわち身延町は、かつて一度も人口五万人に届いたことが無いわけだ。

だが現在の人口は、一万人を割り込んでいる。

居住地の平均的な人口密度から考えれば、紛れもなく田舎であろう。

幸いにしてホテルなどの宿泊場所はあって、一樹は陰陽師協会が手配した古民家に赴いた。

「どうして、古民家なんだ」

一軒家の古民家には、広い居間に囲炉裏があって、風呂は檜風呂だ。

二階のベッドルームは二部屋で、ベッドと布団があり、最大八名が泊まれる。

古民家の囲炉裏では、A級三位の気狐である『豊川りん』が、串に刺したイワナを炙っていた。

到着早々に困惑する一樹を他所に、豊川はイワナを指差して告げる。

「賀茂の分も、焼いています」

「……ありがとうございます」

数百年も人間を守り続けてきた気狐の上役に勧められて、ほかに言い様があるだろうか。

宛てがわれた寝室に荷物を置いた一樹は、豊川と囲炉裏を囲んだ。

パチパチと、薪が燃える音が響く。

囲炉裏部屋はとても広くて、三〇畳はある。

廊下との仕切りは襖であり、廊下と外の仕切りは引き戸で、見た目からも換気は充分だ。

囲炉裏の真上には、燃え難い火棚が取り付けられており、換気窓もあるため、煙は充満しない。

屋根裏には煙が行くので、虫除けやネズミ対策にもなる。

「火棚は熱が反射して、家の中が温まります。日本家屋は寒いですが、囲炉裏は温かいです」

――流石に、昔の妖狐だな。

古い知識に感心する一樹を他所に、豊川は小刀でイワナを捌き、火で炙っていく。

囲炉裏の上では、お茶を煎れるためのお湯が沸かされている。

調理場を使っておにぎりも握られており、豚汁も作られていた。

「すみません。料理は出来なくて」

「構いません。賀茂は協会に要請されて、妖怪を調伏しに来たのです。料理を作らせたいのなら、料理人を派遣しました」

豊川の指摘に、一樹は協会本部の内部留保が、一兆円を超えることを思い出した。

本部と支部は別会計で、本部の予算は常任理事会で採決されれば通る。

先頃集まったメンバーが支出を認めれば、料理人でも芸能人でも呼べる。

ただし、お金の使い道は、完全に自由自在と言う訳でもない。

——料理人は良いとして、芸能人は駄目だろうな。

A級だけで本部の予算を決められる以上、A級の私的流用を疑われる行為は避けるべきであり、外部に説明できない支出には自粛が求められる。

「今回の依頼は、予知に基づく事前対処です。予知を説明できませんから、本部の予算からは、前払いの着手金を出せません」

今回の報酬について、本部が出せないことを一樹は事前に聞いていた。

理由については首を傾げたが、宇賀の正体を知って理解した。『A級二位の宇賀が人魚なので、予知できました』などと、説明できるわけがない。

報酬は、仕事が終わってからとなる。

「疫病をもたらす妖怪は、身延山を中心に増えすぎた虎狼狸《ころうり》です。ですが、この地には、槐《えんじゅ》の邪神が立ち塞がり、倒しても復活するために、虎狼狸の駆除を行えません」

倒さなければならない妖怪は、二種類も居る。

・疫病をもたらす虎狼狸。
・その生息地に居る槐の邪神。

虎狼狸は、病気の『コレラ』を齎《もたら》す妖怪だ。

江戸時代、黒船来航と共にコレラ菌が日本全国へと広がり、年間の死者数は一〇万人を超えた。

日本で初めて流行した病であり、当初は原因不明だった。

だがコレラに感染した者の家から、イタチのような生き物が逃げていったという目撃例が立て続いたことから、虎狼狸という「虎のような、狼のような、狸のような妖怪」が犯人だとされた。

現代では、虎狼狸はコレラを発病しない保菌者、無症状病原体保有者だと判明している。虎狼狸が人間に近付くと、妖気で人間を弱らせ、瞬く間にコレラを感染させるのだ。

妖気で感染させる虎狼狸のコレラは、一般人の気では耐えられず、疫病の大流行が起こり得る。

虎狼狸が居ると報告を受けたならば、早期に駆除しなければならない。

だが現地には、槐の邪神というほかの妖怪も居た。


槐の邪神は『太平百物語』(一七三二年)に記され、不動明王の童子が退治した記録もある。

不動明王の童子とは、不動明王の子供ではない。

童子とは、子供を指すほかに、仏・菩薩・明王などの眷属に付ける名でもあって、槐の邪神と戦ったのは、不動明王の眷属である八大金剛童子だ。

八大金剛童子は、不動明王の四智（金剛智、灌頂智、蓮華智、羯磨智）と、四波羅蜜（金剛波羅蜜、宝波羅蜜、法波羅蜜、業波羅蜜）を具現化した八尊だとされる。

修験道では、除魔、後世、慈悲、悪除、剣光、香精、検増、虚空。

密教では、慧光、慧喜、阿耨達、持徳、烏倶婆伽、清浄比丘、矜羯羅、制吒迦。

慧光らは、中国の聖無動尊にも記される。

槐の邪神を倒した八尊が過剰戦力だったのかは分からないが、B級以下の陰陽師に「行って来い」とは言えない。

一樹は式神使いであり、自分は傷付かずに相手の戦力を把握できる。

そして、いざとなれば大鳩で逃げられる。

また豊川は気狐であり、山での逃げ足は最速だ。

両者が送り込まれた由縁である。

そして槐の邪神は、人を襲って財宝を溜め込んでいるので、それが討伐者の報酬となる。

「何百年も人間と妖怪を襲って財宝を集めていれば、人界では容易に得られない霊物なども蓄えているかもしれません。今回の報酬は、賀茂とわたしが働きに応じて、得られた財宝を分けます。足りなければ、後日調整します」

妖怪からの獲得品は、民法一九二条に準じる扱いで、獲得者の物となる。

妖怪が持っていた物品の被害者、又は遺失者が居る場合は、民法一九三条に準じる扱いで、奪われた時から二年間の回復請求権が有る。

ただし、陰陽師などが妖怪を調伏して獲得した場合、民法一九四条に準じる扱いで、妖怪調伏に要した対価を支払わなければ、物品の占有権を回復できない。

すなわち妖怪からの獲得品は、手に入れた陰陽師の物となる。

それで足りなければ、虎狼狸の死体さえ確認出来れば、陰陽師協会が後払いで清算できる。


「分かりました。よろしくお願いします」

報酬に同意した一樹は、豊川から差し出された料理を口にした。

ワタが抜かれたイワナの塩焼きに齧り付き、おにぎりを食べ、豚汁を啜る。素朴だが、古民家という場と相俟って、美味しく感じられる。

「昔は、こんな風に暮らしていたのですね」

ふと尋ねた一樹に対し、豊川は小さく頷いた。

「わたしは昔、人間と暮らしていたことがあります。ですから、真っ当に生きて困っているなら、人間を助けてあげないこともありません……」

それっきり豊川は黙り、二人きりの食卓には、薪の燃える音が響き続けた。

第二話　身延町の怪異

「まずは槐の邪神に対応する」

古民家で過ごした翌日。

蒼依達と合流した一樹は、虎狼狸退治の障害となっている槐の邪神の下へ赴くことにした。

『太平百物語』に記される槐の邪神は、山梨県南巨摩郡身延町で、夕暮れを過ぎてから槐の大木前に現れた妖怪だ。

日が暮れてから槐の大木前を通る場合、金、銀、宝などを払わなければならない。さもなくば、武者姿の邪神に追い回されて殺される。

「どうして怨霊は、夕暮れ以降に現れるのですか」

蒼依の疑問に対して、一樹は怨霊が夜に出る理由を口にした。

「それは五行説で考えれば分かる。太陽は、朝、東に昇る。東は生、春の方位だ。太陽が中央に昇った南は旺、夏の方位……」

木＝東、春、朝、陽中の陰、生気（囚）。

火＝南、夏、昼、陽中の陽、旺気。

金＝西、秋、夕、陰中の陽、老気。

水＝北、冬、夜、陰中の陰、死気。

土＝中央、普遍、陰陽半々、相気。


安倍晴明の著書『占事略決』（九八三年）の「法第十」では、次のように書かれる。

・囚気が強い時は、刑罰幽囚に注意。
・旺気が強い時は、仕事に注意。
・老気が強い時は、病気に注意。
・死気が強い時は、死に注意。
・相気が強い時は、金銭、財産問題に注意。

なぜそうなるのかも詳しく書かれており、安倍晴明は「法第十六」において、本来は「木剋土」と書くべき所で「木鬼土」と書いて、死気を司る鬼を現している。

「つまり死気が強まって、怨霊の強さが増すのですよね」

「そのとおりだ。細かく説明するとキリが無いが、概ねそういう解釈で良い」

陰陽師の沙羅が補足して一樹が頷き、蒼依も納得した。

真っ昼間に幽霊が現れず、夜になってから出現頻度が上がるのは、幽霊達の力が増して顕現しやすくなるからだ。

昼間から現れる怨霊は、余程力が強いか、自滅を気にしていない奴等だ。

物事には、それ相応の理由がある。

「槐は、中国が原産の一〇メートルほどの落葉高木だ。日本では、街路樹や庭木にも植えられて、つぼみを乾燥させると止血薬にもなる」

仏教伝来と同時期に入ってきた槐は、中国でも名前に充てる漢字が同じだ。

中国の周代では、最高位とされる三公（太師・太傅・太保）の階位が槐位と呼ばれ、三公が座した向かい側の庭には槐の木が植えられていた。

「中国では尊貴《そんき》の木とされていて、学問と権威の象徴でもある」

そんな槐の木に宿ったのが、槐の邪神だ。

太平百物語では、ある貧しい農民が母危篤の連絡を受けて槐の大木前を通り、鎧武者となった槐の邪神に追い回された記録が残る。

槐の邪神に追い回された農民の一人は、後で金を払うと土下座をして許しを請い、約束のとおりに五〇〇文を集めて槐の邪神に納めた。

だが槐の邪神は額が少ないと納得せず、農民を鍋で煮て食おうとした。

そこに不動明王の童子が現れて、槐の邪神を退治したとされている。

「どうして槐の邪神は、財宝を集めているのでしょう」

説明を受けた蒼依が、不思議そうに首を傾げた。

人間が財宝を集めるのであれば、自分と子孫の生活のためだと想像がつく。

だが怨霊は、食べ物を買うわけでも、納税するわけでもない。

もちろん一樹も、槐の邪神が財宝を集める理由は知らない。

答えを求めて、怨霊の由来に詳しそうな豊川に視線を送った。


はたして豊川は、予備知識を口にする。

「昔、身延町下山を拠点とした穴山一族が居て、武田信虎に破れて帰属しました。その後、武田家は織田信長の甲州征伐で滅ぼされます。その時に武田家を離反した穴山信君は、徳川家康の庇護下で領地を保ちました」

「徳川家康ですか」

気狐である豊川は、推定年齢五〇〇歳以上。

おそらく当時も生きていた豊川は、一樹にとっては遙か昔となる身延町の歴史を語った。

「身延町を支配していた穴山信君とは、どのような人物なのですか」

「武田二十四将に数えられる武将の一人です。母親が武田信玄の姉・南松院で、妻は武田信玄の次女・見性院でした」

「かなりの名家ですね」

信玄は、左大臣・三条公頼の娘・三条の方を妻に迎えた名家だ。

信君の妻・見性院は、三条の方の娘となる。

「穴山信君は享年四一歳でしたが、武田二十四将では、最も後年の一五八二年まで生き残っています。戦歴も、武田二十四将に数えられるに相応しいものでした」

武田信玄と上杉謙信が、五度も行った川中島の戦い。

その最も激しかった第四次川中島の戦いにおいて、信君は、信玄の本陣を守った。

かの有名な、本陣に乗り込んだ上杉政虎の太刀を、信玄が軍配で防いだ戦いである。

「本能寺の変が起きた際、信君は家康に随行し、上洛していました。国元へ帰れずに殺され、領地は嫡男の勝千代が一〇歳で継ぎますが、五年後には疱瘡で病没、穴山家は取り潰されます」

「なるほど。身延町に出る武者であれば、領主であった信君の怨霊ですか」

豊川は頷いて、一樹の予想を肯定した。

戦働きをしたことがない一五歳の息子が武者姿で暴れるよりも、武田二十四将に数えられた父親の怨霊が暴れるほうが納得できる。

武田二十四将の武者姿は、浮世絵にも多数描かれるほどだ。

だが、なぜ通行税などを求めるのか。

一樹はふと脳裏を過ぎった想像を口にした。

「家を取り潰され、領地を召し上げられた穴山信君が怨霊化して、ここは自領だから通行税を払えと主張しているのでしょうか」

「妥当な推論です」

一樹の想像を豊川が肯定した。

「武田二十四将としての逸話、不本意に家が途切れた無念、尊貴の槐と結び付いた呪力を考えれば、妖怪としての格は、大魔級でしょう」

五〇〇年以上を生きる気狐の保証に対して、一樹は否定の余地が無かった。

大魔はA級に分類されるが、それだけであればA級上位とされる陰陽師協会の一位から三位が、単独あるいは共同して戦えば勝てるだろう。

問題は、槐の邪神が、倒しても復活する点だ。

信君の怨霊は、存在が確立されている。

存在の確立された怨霊が、霊格の高い槐の木に宿っただけであるため、木を切り倒したところで、次の木に乗り移られれば翌日にでも復活される。

怨霊自体を叩こうにも、人間はB級の鉄鼠《てっそ》ですら、一三〇〇年以上に渡って滅ぼせなかった。

A級である信君の怨霊を滅ぼすのは、B級の鉄鼠を滅ぼす以上に困難だ。


そのために協会が用意したのが、槐の邪神に納める財宝に取り付けたGPSだ。

戦国時代の侍が、衛星測位システムを理解できるわけがない。

戦国時代の武田家にも分かる甲州金。それにGPS装置を紛れ込ませて、槐の邪神に木の根元まで運ばせて、本体の位置を特定する。

「まずは本体が宿っている槐の位置を特定する」

槐の邪神が現れるという夕暮れ時。

一樹達は豊川と共に、槐の邪神が出没する場所へと赴いた。

身延町は、役場の標高が一八二メートル。

町の面積は九割近くが妖怪の領域に属しており、人間の居住区は、点が線で結ばれている。

山に出る妖怪は、種類も数も多い。

そもそも蒼依が山姫で、沙羅も天狗の子孫だ。

狐の豊川も、山に属する妖怪に分類できるかもしれない。

妖怪の支配領域に踏み入った一樹達は、槐の大木前を移動した。

そして不意に現れた、着物姿で腰に太刀と脇差を差した渋い中年の侍に対して、一樹は用意していた宝物を差し出して訴えた。

「領主様に通行税を納めます。何卒お通しください」

一樹が呼び掛けると、中年の侍は驚いたような表情を浮かべた後、宝物を確認してから告げた。

『通れ』

短く告げた侍は、財宝を抱えると踵を返して、闇夜に消え去った。

槐の邪神は、穴山信君であることが確定した。

◇◇◇◇◇◇

「あれは土地に根付いた怨霊です。怨霊が宿った槐の木だけを切っても、調伏は出来ません」

古民家に帰って囲炉裏に薪を置いた豊川は、右手から狐火を落として火入れした。

すると瞬く間に火が燃え上がり、薪を燃やし始める。

狐は、『火打ち石のように尾を打って火を灯す』、『骨や玉を使って火を灯す』、『寒い冬に吐く息が光る』などと伝えられる。

一樹が見たところ、豊川は仙術を学ぶ気狐らしく、術で火を灯していた。

狐火を描いた絵としては、『二十四孝狐火之図』などが有名だ。

そこには諏訪明神の使いの狐が現れて、上杉謙信の娘・八重垣姫《やえがきひめ》に加護を与え、凍った湖を渡らせる絵が描かれている。

諏訪明神とは、大国主神の子供である建御名方神だ。

かつて葦原中国（地上）は、国津神が治めていた。

大国主神は、国津神の代表格である主宰神だ。

ある時、高天原（天上）の天津神の主宰神・天照大神が、葦原中国は自分の子が治めるべきだと言った。

天照大神の主張は、『葦原中国を作ったのは、天照大神の両親イザナギとイザナミであるため、そこを治めるのはイザナギとイザナミの子孫（自分の子）であるべき』である。

そして葦原中国に向けて、幾度も神を送った。

数度の失敗後、天照大神は建御雷神を送り出す。

建御雷神と建御名方神は力比べをして、建御名方神が負けて、諏訪湖まで逃げた後に降伏して、葦原中国は天津神に譲られた。

その後、建御名方神は夢でお告げを行い、子孫の身体に魂を宿らせると伝えた。

A級一位である諏訪は、建御名方神の魂を宿らせる現人神《あらひとがみ》だ。

現人神は、今上天皇と、諏訪家当主の二家二柱である。

天皇家と同様に、諏訪家も世代交代すると、次世代に建御名方神の御霊が宿る。

——建御名方神が派遣した狐は、豊川様かな。

狐火からA級上位の関係性について想像を巡らせる一樹は、豊川の説明で意識を戻した。

「あの怨霊を通常の方法で除霊するのでしたら、身延町に存在する全ての槐の木を根元から取り除く必要があります」

身延町の面積は、三〇一平方キロメートル。

九割が妖怪の領域で、その大部分が山林だ。

一平方キロメートルが千葉のネズミ園で二個分であるため、身延町から槐の木を取り除くのは、ネズミ園五〇〇個分以上の広さに植えられている木を根元から抜くのに等しい労力が掛かる。

木を切り倒すだけなら人間がチェーンソーで出来る。

だが根元から抜くには、重機を使わなければならない。

しかも舗装された平地ではなく、山の斜面だ。

「作業する間、槐の邪神は妨害するでしょうし、ほかの妖怪も襲ってくるでしょう」

豊川が指摘するとおり、槐の邪神は、通るなら財宝を払えと要求する。

さらにA級の力を以て、槐の木を切るなと襲ってくるかもしれない。

ほかの妖怪達も、彼らにとって餌である人間が入ってくれれば、襲うだろう。


牛鬼に守られた一樹が木の一本や二本を引き抜くだけでも、最大の警戒を要する。

それほどまでに難易度の高い作業は、誰も行えない。

さらに現在の人間が身延町だと区切った地域は、穴山一族が影響を及ぼしていた土地の全てだとは限らない。

身延町の槐の木を引き抜いても、槐の邪神が隣接する地域に移れるのなら、単なる骨折り損だ。

「豊川様がご指摘された通り、通常の方法で解決するのは、不可能ですね」

常識的に考えた一樹は、物理的に不可能だと判断せざるを得なかった。

「このような場合、本来であれば身延町は、槐の邪神との折り合いを付ける現状維持か、制御不能な妖怪の領域として放棄するのが妥当です」

「はい」

「ですが今回の場合、身延山を中心として虎狼狸が繁殖しています」

虎狼狸を放置すれば、やがて北の甲府市、南の静岡市や富士市などに、コレラが流行する。

一度流行すれば、東の神奈川県や東京都、いずれ全国に拡大するのは、目に見えている。

故に槐の邪神は、何とかしなければならない。

一樹が考えたのは、妥当な対応策だった。

「式神使いの私が、式神化で解決したいと思います。実体化した穴山信君の怨霊を倒して、術で使役します。そうすれば、槐の木から引き剥がせますので」

豊川が一樹を連れて来たのは、そのためだろう。

信君はA級で、使役可能なのはA級陰陽師の八名だが、式神使いは一樹だけだ。

しかも一樹は、A級中位の総合評価に対して、接近戦は評価よりも低いとされる。

若くて長く働けそうな一樹に、接近戦に長けた侍の式神を持たせるのは、協会の利に適う。

「それが良いでしょう。今回は、死なないように守ってあげますので」

意向通りの返答だったらしく、豊川は即座に首肯した。

◇◇◇◇◇◇

GPSを用いた一樹達は、槐の邪神の本体がある位置を特定した。

場所は身延山の山頂付近で、周囲には槐の木が林立している。GPSを紛れ込ませた財宝を渡していなければ、発見は不可能だった。

獣道の傍に生えていたのは、利便性を考えたからか。

それとも信君が通った道が、拓けていったのか。

おかげで一樹達は、樹高が二〇メートルほどの立派な黒槐の前に、容易に辿り着いた。

すると午前にも拘わらず、線の細い着物姿の侍が、虚空から浮かび上がるように姿を現した。

『何用か』

昨日、領主呼ばわりしたことは覚えているのだろう。

槐の邪神は即座には襲い掛かって来ず、一樹に来訪の目的を問うた。

「恐れながら、領主である穴山武田信君様に、申し上げます。私は現代の陰陽寮から参りました、賀茂一樹と申します。序列は第六席、従七位上相当となります」

一樹が目を逸らさずに告げると、槐の邪神は否定せずに視線で話の続きを促した。

相手が信君の怨霊だと確信を得た一樹は、事情を説明した。

「この身延山において、疫病をもたらす妖怪・虎狼狸が繁殖しております。このまま座視すれば、領民の子孫が疫病で死に絶えるでしょう」

信君自身も、嫡男が一五歳で病死しており、家が断絶している。

一樹は挑発を避けるべく言及しなかったが、信君の琴線に触れたらしく、問い掛けは続いた。

『それで我に何用か』

「はい。無念を持たれる領主様が通行を妨げておられ、虎狼狸を駆除出来ません。そこで怨霊の領主様は、陰陽師の私が、式神化させていただく所存。領民の子孫達に安寧をもたらすため、何卒お力をお貸し頂きたく、願い奉ります」

これらは、陰陽師と怨霊との間で繰り広げられる前哨戦だ。

一樹は信君が大暴れしないように、領主である自意識や、領民を思う感情を逆手にとって、式神化が正しい道なのだと心理的な楔を打ち込んでいった。

信君が一樹を殺すと、領民の子孫が病で死に絶える。

領民が死に絶えれば、領民の居ない領主など存在できない。

はたして身延山の様子を熟知する信君は、一樹の主張を戯言だと断じたりはしなかった。

そして無頼者を斬り捨てるのではなく、一定の道理がある陰陽師だと認めたうえで、己が立場を踏まえて告げた。

『ならば、我を下して見せよ』

条件付きで応じるとの約束が出された。

一樹は直ちに棍棒を構えた牛鬼、妖糸を持つ水仙を出して、自身は蒼依達の後ろに下がった。

蒼依は天沼矛、沙羅は金剛杖を構えて、一樹と信君との間に立ち塞がる。

また一樹自身は、頬撫で式神のカヤを出して、弓を生み出した。


『女を盾にするとは、感心せぬな』

痛いところを突かれた一樹は、言い負かされないように、言い返す。

「私の式神にして、山の女神のことですか。それとも絡新婦の妖怪か。あるいは我が気を与えた、鬼神と大天狗の子孫か。私は陰陽師の作法に従っているまで。参ってよろしいか」

『いつでも来い』

腰元から太刀を引き抜いた信君が構えたところで一樹は頷き、気を籠めて弦を鳴らす。

『鳴弦』

震えた弦が、周囲に一樹の莫大な神気を撒き散らした。

高濃度の神気が、まるで水中に没したかのように信君に纏わり付いて、動きを阻害した。

『ぬうっ、これはっ⁉』

閻魔大王の化身である地蔵菩薩と、槐の邪神を倒した不動明王とでは、神格で地蔵菩薩が勝る。

不動明王の眷属である八大金剛童子で倒せるならば、地蔵菩薩の神気が効かないはずもない。

警戒して受け身になった信君に対して、一樹は開戦の合図となる嚆矢《こうし》を放った。

『青龍ノ祓』

一樹が射た矢には、一樹が育てた八咫烏の力が籠められていた。

八咫烏のように飛んだ矢は、自ら標的である信君に向かって突き進み、素早く振り抜いた信君の太刀に打ち払われた。

だが戦いに臨んでいるのは、一樹だけではない。

正面から牛鬼、信君の右手は水仙、左手からは沙羅が迫っていた。

『鬼火』

沙羅の周囲に青白い炎が五つ浮かぶと、一斉に信君へと襲い掛かっていく。

信君は襲い掛かってきた鬼火を躱し、次々と斬り捨てる。

同時に反対側から水仙が飛ばした妖糸も躱し、斬り捨てる。

巨大な牛太郎の棍棒が、木の幹ほどの太い腕に振るわれて、信君に迫ってくる。

対する信君は、腰を落として踏ん張りながら、叩き落とされた棍棒を正面から太刀で受けた。

A級の怪物同士が振るった棍棒と太刀が、激しく衝突して、火花を散らした。

信君の両足に重みがのし掛かり、わらじを履いた足が山肌に軽く沈み込む。

その瞬間、信君の足を何者かが殴打した。

『ぬおっ⁉』

信君の足を殴打したのは、つむじ風に乗った鎌鼬だった。

一樹は牛鬼や絡新婦を見せ札として正面に出す一方で、鎌鼬の式神達は隠して、不意打ちに使ったのだ。

鎌鼬の式神は、一柱がB級中位の力を持っている。

A級下位の信君に対しては、一柱で五分の一程度の力に過ぎないが、信君は同じA級下位の力を持つ牛鬼と正面から打ち合っていた。

その瞬間に増援が加わったのだから、両者の力の拮抗を崩すには充分だった。

僅かに体勢を崩した信君に対して、牛鬼の棍棒がのし掛かる。

さらに隙を突いた水仙の糸が信君に絡みつき、引き倒そうと引っ張った。

鎌鼬も弟神が信君の足を斬って、さらに体勢を崩す。

そこへ再び、沙羅の鬼火が迫ってきた。

『ぬおおおおおっ！』

窮地に陥った信君は、左手で脇差を掴み、それを一樹に向かって投げ付けた。

それは一瞬の出来事で、一樹が知覚する間も無かった。

蒼依が守ろうと振るった天沼矛を擦り抜けて、脇差の先端が一樹の胸元に迫る。

そして一樹を貫こうとした瞬間、一樹の横合いから白刃が煌めき、脇差を叩き落とした。ガンッと、重い音が一樹の耳を突き抜けていった。


振るわれたのは、イワナを捌いていた小刀だった。

「やはり賀茂は、接近戦に難があります。あれを使役して、補うと良いです」

小刀を振るった持ち主は、事も無げに評しながら、信君を指差した。

「恐れ入ります」

足元に突き刺さった信君の脇差を眺めた一樹は、冷や汗を掻きながら答えた。

もしも豊川が居なければ、脇差は一樹の胸元に突き刺さっていただろう。

一樹の守護護符がA級を防げないことは、沙羅が絡新婦の母体に噛み裂かれて、分かっている。

鎌鼬の妹神が傷を治せるが、肺や心臓を傷つけられれば治せない。

下手をしたら死んでいたと実感した一樹は、接近戦の弱さについて再認識させられた。

他方、脇差を投げた信君は、倒れたところに集中攻撃を受けて、大打撃を負っていた。

牛太郎の棍棒が何度も打ち据え、鎌鼬や沙羅からも攻撃を受けて、霊体が大きく傷付いている。

水仙の妖糸も絡まり、もはや逃れる術も無い。

そんな信君と目が合った一樹は、信君に呼び掛けた。

「この地は九割が妖怪の領域となり、大きく衰退しました。遠からず、人里を保てなくなります。我が式神と成り、妖怪調伏を行い、領民の子孫達の安寧に力を貸して頂きたい」

勝ったのは一樹だが、豊川の力を借りての話だ。

居丈高に振る舞える決着ではないと感じた一樹は、用心棒を遇するような形で信君を招いた。

『臨兵闘者皆陣列前行。天地間在りて、万物陰陽を形成す。我は陰陽の理に則り、霊たる汝を陰陽の陰とし、生者たる我を対の陽とする契約を結ばん。然らば汝、陰陽の理に応じて、我が式神と成り、我に力を貸せ。急急如律令』

『ならば、見定めてやろう』

怨霊の信君は、一樹との契約に条件付きで応じたらしい。

女子を前に出して後方に在った戦い方が、信君にとって好ましくなかったのか。

それとも豊川の助太刀が、一樹単独で信君を下したと認められなかったからか。

信君が全面的には応じなかった結果、これまで使役すると式神の力が上がった体感が、今回は得られなかった。

それでも虎狼狸退治の障害であった槐の邪神は、身延山から排除された。

◇◇◇◇◇

「陰陽寮より、虎狼狸退治の褒美とされております故、財宝は回収します」

信君が集めた財宝を回収するにあたり、一樹は念のために断りを入れた。

通行する人や妖怪から奪った品々は、他人からは信君の物とは言い難い。だが信君にとっては、領地の通行料という認識であった。

「私の取り分から幾らかは、陰陽寮を通じて、身延町の住民に還元しましょう。妖怪や虎狼狸に対する見舞金のような形で」

一樹は幽霊船調伏の報酬で、一生暮らしていくには充分な資金を得た。

男体山に龍神の社を建立して目減りしたが、つつがなく過ごす程度は出来る。

贅沢を望めば際限がないが、一樹は都心にマンションを建てたいだとか、数十億の豪邸に住みたいだとかは考えていない。

輪廻転生前が酷すぎるので、普通に暮らすだけでも比較すれば幸福なのだ。

すると欲しいものは、男体山の龍神のような加護や、信君の献身等に移る。

身延町の住民に、信君が集めた財宝を還元するだけで、信君の歓心を得られる。それは信君による一樹への護衛の強化に繋がる。

であれば行わない理由も無かった。

一樹の取り分からの配分であり、蒼依や沙羅、豊川も反対しない。

はたして顕現したままである信君は、首を振って一樹に付いてくるようにと促した。

『こちらだ』

一樹達は信君に導かれ、道沿いから山中へと分け入った。

五月の山中は、雑草が伸びて膝丈まで迫っている。夏ではなくて良かったと思いつつ、一樹は槐の大木を通り過ぎ、暫く歩いた。

――槐の木の根元に財宝を隠していたのではないのか。

一樹達は、信君に渡した甲州金に仕込んだ発信器を辿ってやって来た。

その反応を通り過ぎて、信君の導きで山中を進んだところ、立派な槐の木の前に辿り着いた。

それは樹齢八〇〇年以上とされる諏訪神社の槐の木にも劣らない、牛鬼ですら仰け反って見上げるような大木だった。

その大木から、少し離れた別の木に信君は移動する。

そして別の木から少し離れた根元の土を足で払い、その下に現れた木の板を取り払った。

――地下に、財宝の隠し場所があるのか。

驚く一樹に対して、信君は平然と告げる。

『奪われぬように隠すは必定。馬鹿正直に、己の宿る木の根元にだけ、隠したりはしない』

木の板を外した信君は、そこから空洞となっている土の下へと潜っていった。


金山を抱えていた武田家には、坑道掘りの技術があった。

そして身延町は、穴山家の支配地であった。

戦国時代、武田の下で上杉と争い、織田方に鞍替えし、徳川に付き、安寧とは程遠かった穴山家が、屋敷に全財産を置いておくはずもない。

　このような隠し場所は、昔から持っていたのだろう。

　はたして、数百年に渡って信君が人間と妖怪から徴集し、隠し集めてきた財宝は、同行した気狐の豊川にとっても予想外のものだった。

「一七三二年に不動明王の童子が退治した際、一度は全て回収されたのだと思っていました」

　太平百物語によれば、不動明王の童子が槐の邪神を退治した後、不動明王を信仰していた農民が金銀財宝を得たと記されている。

　だがそれは、信君が宿った槐の木の根元に埋めた囮であった。

　信君が集めた真の財物は、穴山家が用意していた地下室に隠されていたのだ。

　そして中身は、霊物に見慣れた五鬼童家の沙羅も驚く内容だった。

「金、銀、珠玉……勾玉、管玉ですね」

「勾玉に、管玉か」

　金、銀、珠玉などは、歴史的な価値を加味しても、数億円程度だ。

　もちろん大金だが、A級妖怪であった槐の邪神を討伐する報酬として適正かと問われれば、否と答えざるを得ない。

　仕事は槐の邪神だけではなく、虎狼狸退治も残っており、虎狼狸のコレラでは過去に毎年一〇万人以上が死んだ事実がある。

　そのような甚大な被害をもたらす疫病の防止が数億円で済むなら、政府は直ぐさま払うだろう。

　今回の仕事は、それほど重い内容だ。

数億円の財宝だけであれば、後日に協会からの調整を受けることになった。

だが勾玉と管玉が、その評価を引っ繰り返した。

「勾玉は、何に使えるのですか」

この場で唯一の陰陽師ではない蒼依が尋ねると、沙羅が説明した。

「霊物として、幅広く使えますよ」

「霊物として幅広く、ですか？」

「そうですね。地脈の力や霊力、呪力などを蓄えられて、武器の霊的な発動体、神聖な結界石、強力な呪具、高度な儀式の祭具などに使えます」


沙羅が挙げた勾玉の用途は、具体例の一部だ。

勾玉は、古代日本の装飾品であり、祭祀などに用いられた祭具でもあった。

約五〇〇〇年前の縄文時代中期頃から作られており、縄文時代の遺跡などからも発掘されることがあって、古事記や日本書紀にも記されている。

本居宣長の『古事記伝』（一七九八年）によれば、勾玉の「勾」は借字だ。

本来は「まばゆい」という意味の目炎耀《マカガヤク》から、目赫《マカガ》へ、それを縮めて麻賀《マガ》となったとされる。眩く霊気を放つ玉が、勾玉である。

「勾玉は、色んな力を蓄えられるのですか」

「そうですね。優れた蓄電器のようなものでしょうか」

沙羅の説明を受けた蒼依が納得したが、一樹は説明を補足した。

「沙羅が言ったとおりだが、単なる蓄電器ではないぞ。三種の神器の一つも、勾玉だ」

日本神話において天照大神が、神武天皇の曾祖父にあたる瓊瓊杵尊《ににぎのみこと》が天孫降臨するに際して与えた『三種の神器』は、『八咫鏡』『天叢雲剣』『八尺瓊勾玉』とされる。

すなわち勾玉は、大神が授けた三種の宝の一つにも数えられる霊物だ。

「三種の神器の一つなのですか」

流石に蒼依も、三種の神器は知っていた。

驚く蒼依に向かって、一樹は頷き返す。

「そうだ。鏡剣玉の一つ、玉にあたる。古来における万能の霊物だ。妖魔や怨霊に対しては、最終兵器と言っても過言ではなかったはずだ」

一樹は蒼依に対して、勾玉の重要性を訴えた。

勾玉の形状は、胎児、獣の牙、月、魂、陰陽の太極図などを表すとされる。

材料は、翡翠、碧玉、瑪瑙、軟質の滑石、琥珀、蛇紋岩、ガラスなどと幅広い。

産地が限られる翡翠は希少で、金よりも価値が高く、高貴な物とされていた。軟質の滑石や琥珀、蛇紋岩などは、希少な翡翠の代替であった。

碧玉や瑪瑙は、出雲の花仙山などから産出されて、古墳時代には現地で多数の勾玉が作られた。

三種の神器の一つである八尺瓊勾玉は瑪瑙で作られているが、元の素材が何であれ、祭具として用いられた勾玉は霊物と化している。

人が碌な武器を持たなかった時代。

勾玉は武器に霊気を纏わせる発動体であり、邪霊を祓う結界石や霊符であり、人を守る現代の護符であり、儀式の祭具であった。

だが勾玉は、古墳時代を最盛期として、奈良時代から平安時代に入ると廃れる。

陰陽師が登場して、問題解決に勾玉を用いずとも良くなったからだ。

小鬼を倒すために勾玉というミサイルを使っていたところを、陰陽師という小銃で済ませられるようになった。かくして製造に多大な手間暇の掛かる勾玉は、一気に廃れた。

勾玉が優れた霊物であることは疑いの余地がない。

だが勾玉に霊物の効果を持たせる製法は、失伝して久しい。


勾玉は、形状で効果が異なる。

丁字頭勾玉《ちょうじがしらまがたま》は、孔のまわりに溝を施しており、呪術性を高めている。

背合わせ勾玉は、内在する呪力を分裂させて、呪力放出を強化している。

子持勾玉は、玉に魂を産ませる祭祀遺物で、呪力蓄積を増大させている。

信君が溜め込んでいた勾玉は一〇個で、翡翠製七個、滑石《かっせき》製三個だった。

「大抵の場合、古墳から出土するが、こんなにあるとは」

現代では滅多に手に入らない勾玉が一〇個もあったのは、数百年間の歴史において、財宝を抱えた大名行列でも通ったからか。

だが勾玉すら色褪せる財宝が、管玉である。

管玉とは、弥生時代から古墳時代に掛けて作られた首飾りや腕飾りだ。

『邪馬台国の卑弥呼が、首から下げていた首飾り』

そのように称せば、おおよそ想像できるだろうか。

管玉は、チェーンにあたる部分に勾玉九つが付いた強力な霊物だ。

霊物としての効力は、翡翠製の勾玉九個に匹敵する。

そして勾玉は併用できないが、管玉は一個で大出力を発する。

古代に作られた純正品の場合、霊力蓄電器としての効力は、管玉がA級、翡翠製の勾玉がB級、滑石製がC級と目される。


価値で考えれば、管玉が九で、勾玉が合計で七になるだろうか。

オークションに掛ければ、小分けで使い勝手も良い勾玉七個の価格は、管玉と同等になるかもしれない。だがA級陰陽師にとっては、管玉のほうが得難い。

一樹は報酬を分ける相手である豊川に視線を向けて、様子を窺った。

当然であろうが、豊川は明らかに管玉を欲しがっていた。

豊川自身が欲しいと言ったわけではないが、『目の前にお菓子があって、欲しいと言い出せず、ジッと見詰める子供のような表情』を浮かべている。

——分かり易すぎる。

一樹は考えた末、豊川に管玉を譲ることにした。

管玉と勾玉の総呪力は、概ね九対七だ。

一樹は豊川の小刀に命を助けられており、蒼依や沙羅とも報酬を分ける必要がある。

「信君様の脇差から守って頂きましたし、分配は豊川様が管玉、私が勾玉で如何でしょうか。残る金、銀、珠玉は折半で」

すると豊川は、『ペットの犬が、目の前の餌に飛び付くのを耐える眼差し』で、一樹に訴えた。

「お人好しだと損をしますよ」

一樹は善狐に向かって内心で、「お人好しは貴女です」とツッコミを返した。

◇◇◇◇◇◇

「この管玉を使えば、限界まで修業が出来ますので、四尾に届きそうです」

一樹が提案した勾玉と管玉の分配を受け入れた豊川は、管玉の価値について説明した。

「四尾は、天狐に至るために必要な力でしたか」

人間の一樹は、非公開の狐の階位については、一般的な知識しか持たない。

狐の階位は、中国の『玄中記』(二六五年～三一六年)や、日本の『有斐斎劄記』(江戸時代中期)など、様々な書物で大まかに記されている。

狐は五〇歳になると、人に変化できるようになる。

一〇〇歳になると、美女あるいは男に化け、人を誑《たぶら》かす。

それらは野狐と呼ばれ、仙狐に至るためには、東岳大帝の娘である女神・碧霞元君《へきかげんくん》が主催する試験を受けて、修行を始めなければならないとされる。

必ずしも泰山で試験を受ける必要はなく、日本では王子稲荷でも可能だそうだ。

・阿紫霊狐　〇歳〜　※飯綱や管狐を含む。
・地狐　一〇〇歳〜　※合格して生員と呼ばれ、仙術の修行開始。
・気狐　五〇〇歳〜　※地狐の次段階。尾が増えていく。
・仙狐　一〇〇〇歳〜　※気狐の次段階。神通力を獲得。
・天狐　一〇〇〇歳〜　※尾は四本、本試験に合格して天に通じた狐。
・空狐　三〇〇〇歳〜　※尾は〇本、肉体から解き放たれる。

・野狐　一〇〇歳〜　※試験に合格していない狐。
・妖狐　？？？歳〜　※妖力を増した野狐。尾の数が増えていく。
天狐からは、肉体から解き放たれていき、尾の数が減っていく。

白狐、黒狐、金狐、銀狐などは血統であり、階位とは無関係だ。

善狐、悪狐は、人間が自分達との関係性から勝手に付けている。

「豊川様は、五〇〇歳以上の気狐という階位だと聞き及んでおります」

一樹が知る豊川の情報は、ウェブサイトの百科事典に纏められる世間の噂話だ。

もっとも、可能な限り出典の求められるウェブサイトは、情報が大きくは外れておらず、大まかな推察を行うには充分な情報量がある。

豊川は五〇〇年以上前の文献に登場しており、下界に居るため、天に仕える天狐には至っていない。

はたして豊川の返答は、ウェブサイトの正しさを証明した。

「八〇〇歳ほどです。六〇〇年前に三尾になりましたから、早いほうです」

驚きの年齢に、一樹は咄嗟に歴史を振り返った。

八〇〇年前は、鎌倉時代の只中にあった。

西暦一二二一年、承久の乱が起こる。

後鳥羽上皇が北条家の鎌倉幕府に挑んで敗退したことによって、武家に実権が移っていくことが決定付けられた。

西暦一二三二年、御成敗式目が制定された。

武家を対象として明文化された五一ヵ条からなる法律は、江戸時代の寺子屋の教科書にもなり、明治時代に近代法が成立するまで続いた。

すなわち八〇〇年前は、明治以前の日本の礎が築かれた時代だ。

その当時から生きてきたと発言した豊川は、狐の尾について軽く触れた。

「一尾が増えるには、通常は五〇〇年を費やすと言われます」

「それは何とも、気の長い話ですね」

尾が増えるための年月を想像した一樹は、遠い目をした。

殷王朝の妲己《だっき》や、鳥羽上皇が寵愛した玉藻前《たまものまえ》など、伝説の九尾の狐に達するためには、一尾で生まれてから四〇〇〇年が必要となるらしい。

四〇〇〇年前は、世界では四大文明が起きた頃だ。

四大文明とは、エジプト文明、メソポタミア文明、インダス文明、中国文明であり、大まかには紀元前三〇〇〇年頃から紀元前一五〇〇年頃とされる。この頃に文字が作られて、文字による記録が残る有史時代となった。

当時の日本は、縄文時代。

勾玉は作られていたが、水田稲作の伝来は不確実な有史以前にあたる。

九尾に「お前の祖先が縄文土器をこねていた頃より、妾は妖力を鍛えてきた」と告げられれば、それは勝てないと思わざるを得ない。

「わたしは、地狐の間に二尾となり、気狐の半ば前には三尾へ上がったので、仙狐までには四尾に達すると思っていました。ですが霊格の高い管玉を使えば、九〇〇歳を待たずに届きそうです」

「豊川様は、狐の中でも優秀でいらっしゃるのですね」

一樹が不意に褒めると、気狐の豊川は、若干照れた表情を浮かべた。

「管玉は、勾玉一〇個との折半でも若干釣り合っていません。虎狼狸退治はわたし側で行います。それと賀茂が何か困ったら、内容次第では手を貸してあげないこともありません」

「大差は無いでしょうが、先達の豊川様にご相談できるのは、有り難く存じます」

一樹が提案を受け入れた後、豊川は自身の物となった管玉を首に掛けた。

そして財宝を得た槐の木の周囲にて、陣を作り始めた。

地面に狐火を落として、それを操る形で円を作っていく。


豊川が陣を作成するのを眺めた一樹は、作業の邪魔にならないように、蒼依や沙羅のところまで下がった。

そして勾玉の割り振りについて、二人に相談した。

獲得した勾玉は一〇個で、翡翠製が七個、滑石製が三個。

一樹は正式なA級、蒼依と沙羅は、実質的にはB級。

ランクが一つ違えば力は一〇倍差と評価されるため、報酬は実力に比例して一〇対一対一で分けるのが、世間的には妥当とされる。

「二人には翡翠製を一つずつ選んでもらう。残る五個は予備を兼ねて、蒼依が神域を作る練習用にしよう。滑石製は耐久度が低い使い捨てだから、適当で。俺の分の金銀珠玉は、約束通り身延町に還元する」

勾玉に比べて少額の金銀珠玉は、信君の懐柔費用である。

割り振りを説明した一樹に対して、蒼依は小声で訴えた。

「わたしは主様を守れませんでした」

落ち込んで、報酬を受け取るどころではない様子の蒼依に対して、一樹は考え違いを正す。

「穴山武田信君は、浮世絵にも描かれる武田二十四将の一人で、戦国時代に上杉謙信と合戦をした侍の怨霊だ。蒼依が信君様に斬り合いで勝てるわけが無いだろう」

むしろ蒼依が勝てたら、一樹は山姥の一族に恐怖するところだ。なぜなら人の身では、戦国時代から研鑽を重ねても勝てないことになる。

「容易に近付けないように牽制してくれただけで、充分に役に立った」

B級上位の蒼依は、一樹の前で武器を構えていた。

そのため信君は、牛太郎や水仙達に囲まれた状態での無謀な接近戦は避けている。

距離を取れたことによって、信君が投げた脇差を豊川が撃ち落とす時間が生まれたのだ。

一樹が距離を取れていなければ、豊川は補助を増やしただろうが、すると報酬の分配も下がる。

「役に立っているから、気に病むな。武術を習いたければ、信君様に教えて貰えば良い。妖怪を倒せば、領民の子孫の安寧に繋がるのだから、教えて下さるだろう。信君様、お願い致します」

『構わぬ』

理を説き、今後の対策も示した一樹は、次いで蒼依の身体を引き寄せた。そして泣いている幼子をあやす様に正面から抱きしめた。

すると蒼依は素直に腕の中に納まったが、今度は沙羅と目が合った。

「次は私の番ですよね」

沙羅が問うと、一樹の胴体に腕を回す蒼依の力が急に強くなった。

「ぐぇっ」

一樹は肉体的には普通の人間で、蒼依はB級上位の力を持つ山の女神だ。

呻き声を上げたのは、止むを得ざるところだった。


その間、陣の作成を終えた豊川は、陣の中心に宝玉を置いていた。

豊川が行っているのは、式神術の一種である。

異界より神社の稲荷などを呼び出す術で、異界を繋げようとしていたのだ。

どこの誰でも呼べるわけではなく、使役の対価として相応の呪力や捧げ物を用意したり、予め契約していたりするなどの条件が必要となる。

おそらくは豊川が属する神社に繋げているのだろうと解した一樹の眼前で、界が繋がって狐達が飛び出して来た。

蒼依の肩を叩き、抱き着く力を弱めてもらった一樹は、沢山現れる狐の数を眺めながら、由来を推察した。

「豊川稲荷かな」

豊川稲荷の正式名称は『円福山　豊川閣　妙厳寺』で、日本三大稲荷の一つとされている。

有名なのが霊狐塚《れいこづか》で、一〇〇〇体もの狐の石像が奉納されている。

一〇〇年を経た物には、霊魂である付喪神が宿るとされる。

付喪神について『伊勢物語抄』（一六〇〇年代）では、次のように記される。

『つくもがみとは、青鬼夜行の事也。陰陽記云、狸短狐狼之、類満盲年致人催喪、故名属喪神といへり。是はりとうころうとう（狸短狐狼等）のけだ物、青年いきぬれば色々の変化と成て人にわづらひをあたふ』

すなわち伊勢物語抄では、陰陽記にある説として、一〇〇年生きた狐や狸等が変化したものが付喪神になると記している。

豊川稲荷に一〇〇〇体並ぶ霊狐塚に宿った付喪神は、いかなる獣の霊魂か。

狸や狼の霊魂が、狐の石像に宿るはずもない。であれば狐の霊魂が必定だ。

続々と湧き出でる狐の霊達は、豊川や槐の木の周囲に集っていった。

そして集った霊魂の中から一体、人化して白面を付けた雄の白狐が、三尾を揺らしながら、前に進み出て来た。

豊川の前に進み出た白面の三狐は、豊川を眺めるように観察した後、二度ほど頷いた。

『りん君には、もう実力で抜かれてしまったかな。その年齢で、実に素晴らしい。私が生きていれば、君に結婚を申し込んだのだが、全く口惜しいことだ』

白面の三狐が軽口を叩くと、豊川はすかさず言い返した。

「良房様が生きていらっしゃれば、天狐になって、天に仕えていらしたでしょう。それから空狐になって、空に還ったでしょうに、有り得ない妄想を口にしないでくださいませ」

豊川が断じると、白面の三狐は顔を見せないまま、右手の拳で左掌を打つ仕草をして、指摘に対する納得を示した。

『確かに、そのとおりだ。生い立ちと義務感とに囚われて、つまらない狐生を全うしただろうね。ああ、まるで社畜ではないかっ！』

霊魂である白面の三狐は、一体どこで『社畜』という言葉を覚えたのだろうか。

豊川稲荷の近辺で人に化けて、居酒屋にでも出入りして、居合わせたサラリーマンと酒でも飲み交わしているのだろうか。

フラフラと好き勝手に彷徨う狐を想像した一樹は、狐界隈の自由過ぎる生活に、白目を剥いた。

『君は自由に生きると良い。天狐に成らずとも、仙狐として生きる道もある。だが男遊びは止めておき給え。世に悪名が轟く、九尾になるが故。そして私も、なんだか無性に悔しいのでな！』

「わたくしは自由に生きております。それと、余計なお世話でございます」

明確に否を示した豊川に、白面の狐は慄いた。

『なんだと……まさか男遊びを』

「お黙りくださいませ」

ふくれっ面で不満を呈した豊川は、白面の三狐を含む周囲の狐達に指示を出した。

「敵は、虎狼狸です。奇怪な狸の妖怪で、増えており、世に疫病をもたらします。一匹残らず、山から狩り尽くしてください」

狸の妖怪だと聞いた狐達は、各々の瞳をギラギラと輝かせた。

そして興奮を抑えきれぬのか、各々がその場で飛び、軽く駆け始める。

『おお、それは何とも楽しい催しだ。最高ではないか』

「それではお願い致します。御礼の品々は、妙厳寺にお供えしますので」

『承知した。皆の者、りん君からの要請で、愚かで忌々しい狸狩りだ。奴らを引き倒し、喉元に喰らい付き、噛み殺せ。さあ競争だ、いざ進め！』


豊川の依頼を受けた白面の狐が号令をかけると、やる気が漲る狐の霊魂達が一斉に飛び出して、身延山に散っていく。

やがて身延山の方々から、狸の絶叫が響き始めた。

——虎狼狸に、虎と狼の部分があるのは、言わないほうが良いんだろうな。

やる気になっている狐達の意欲を削ぐことはない。

そう思った一樹は、虎狼狸の正体について胸の内に仕舞い込んだ。

かくして身延山から『狸の化け物』が駆除されるのは、確定的となった。

第三話　打ち上げの慣習

狸狩りを豊川に任せた一樹達が、花咲市に戻ってから数日が経った。

ゴールデンウィークが終わった一樹達は、日常生活に戻っている。

虎狼狸を片付けた一樹にとって、新たな強敵は、中間テストになった。

一学期の中間テストは、二週間後の五月下旬に予定されている。

水仙の利便性について一樹が思い馳せていたところ、協会長の向井から一樹に連絡が入った。


『槐の邪神排除と虎狼狸退治、ご苦労だった』

協会長の向井が行ったのは、インターネットを用いた会議アプリによる連絡だった。

陰陽師協会は、いかにも古めかしい組織に思われる。

だが大半はＩＴ機器を使えるし、自分で使えなくても設定してくれる人間はいる。

事務所で連絡を受けた一樹は、モニターに映る向井に頭を下げた。

「ありがとうございます」

通行妨害していた槐の邪神は、Ａ級下位の力を持つ侍の怨霊だった。山中を駆け回って虎狼狸を探す場合、横合いから斬り掛かられる危険があった。

それを一樹が、式神として使役する形で排除した。

槐の邪神を放置した場合、豊川が召喚した狐達の霊魂も斬り掛かられて、犠牲を出しただろう。

そのため一樹の使役は、狐達の霊魂を出した豊川にとっても必要だった。

もっとも全体の貢献度で考えれば、豊川のほうが大きくなる。

槐の邪神との戦いでは、投げられた脇差を豊川が叩き落とした。

虎狼狸退治は、豊川に委ねた。

その分の調整は、分配された報酬で調整している。


今回助けられた一樹は、豊川の力が自分を超えていると実感した。

A級上位の豊川と、A級中位の一樹が戦えば、陸では確実に一樹が殺される。

遠距離からの戦いであろうとも、豊川が虎狼狸退治で召喚した大量の狐霊を呼び出せば、一樹が鳩の式神を大量に飛ばしても対抗できる。

海で戦うことはないであろうから、海戦を仮定しても無意味だ。

特別な経緯で、莫大な呪力を持つ一樹から見ても、豊川は格上だった。

「豊川様との役割分担でしたが、私は随分と楽をさせて頂けました」

格上に頼れる戦いには、安心感があった。


『虎狼狸退治は完了したそうだ。むしろ獲物が足りないと言われて、周辺の山々に住む鬼達まで、狩り尽くされてしまったが』

「……それは何とも、大胆な話ですね」

豊川が呼び出したのは、齢一〇〇歳を超えて付喪神と化した狐達の霊魂だ。

狐の一〇〇歳は、碧霞元君が主催する試験を受けて、仙術を修行し始める地狐。

あるいは、地狐に匹敵する力を持つ野狐達だ。

虎狼狸がどれだけ増えていようと、それらが増えたのは最近の話だ。

一〇〇歳を超える狐達には到底及ばない。そして妖気で感染させる虎狼狸のコレラも、より高い呪力を持つ狐達には感染させられない。

虎狼狸達が山々に響かせた、断末魔を聞いた一樹は、勝利を確信して豊川に仕上げを委ねた。

そして狐達の力は、想定以上だった。

——三尾が、三尾を呼ぶなんて、反則気味だよな。

豊川が呼んだ霊達の中には、豊川と同格である三尾の霊狐すら存在した。

豊川が同格の三尾を呼べるのであれば、単純計算しても戦力は倍加している。

もしも白面の三尾が、新たにほかの三尾を呼び、同じ事を三尾達が繰り返せば、どうなるのか。

そのような無茶は出来なくても、豊川が自分の代わりに三尾の霊狐を投入して戦闘を任せれば、豊川は一切傷つかず、安全に調伏を続けられる。

豊川が、八〇〇年に亘って活動を続けられたのも、当然であった。

「周辺の鬼達も殲滅してしまって、生態系は大丈夫でしょうか」

『人間や妖怪は、自然の一部だ。我々の活動で生態系が変化しようとも、不都合が生じて再構築しようとも、なるようになる。気にする必要はない』

「承知しました」

『よろしい。仕事の確認は終わりだ。次に報酬についてだが、管玉と勾玉の件は、豊川様からも伺った。なかなか良い品だったようだな』

役職的には上の協会長も、常任理事の豊川を様付けで呼んだ。

A級の一位から三位は、四位以下から見ても別格の扱いになっている。

協会を設立した者達であり、実力も四位以下とは格が違うと考えれば、一樹も納得だが。

「はい、失伝した製法で作られた霊物の勾玉は、思わぬ収穫でした」

『それは何よりだ。追加報酬は、不要だろうと考えて良いかな』

「充分に頂きましたので」

勾玉は、一樹が金銭で購入することは不可能に近い。

発掘によって世に現れる勾玉は、発掘者がオークションでの換金を考える。

そしてオークションは、高額になる海外を利用するのが常だ。

海外流出を避けるためには、日本が法律で禁止しなければならない。

だがバブル期の日本は、資金力に物を言わせて、海外の霊物を買い漁っていた。

そのような経緯があり、発掘自体も稀であるため、経済的に負けて流出する側になってからも、法律での禁止に踏み切れないでいる。

翡翠製の勾玉は希少で、滑石製の勾玉は長持ちしない。

翡翠製の勾玉は、容易には壊れずに、効果が減衰していく。

目算を立てられるので信頼性は高いが、そもそも数が少ない。

滑石製の勾玉は、使っていると突然、劇的に力が落ちて切れる。

目算を立てられないので信頼性は低く、消耗品で長持ちさせられない。


個々の性能が異なり、オークション次第で金額が変動する勾玉の価格は、金額の算出が困難だ。それでも翡翠製は、一樹が入手可能な金額にはならない。

欲張りすぎると碌なことがないので、勾玉を認めて貰うだけで充分だと一樹は考えた。

『よろしい。報酬の確認も終わりだ。本当は打ち上げでもと考えていたらしいが、狐の霊魂達の遊びに君を加えるのは、気が引けるそうだ』

「打ち上げなんて、有るんですか」

古民家で囲炉裏を囲んでいた豊川は、派手な慰労会を企画するような性格には見えなかった。

『大規模な共同作戦後の打ち上げは、陰陽師協会の慣習だ』

驚いた一樹に対して、協会長は端的に答えた。

『絶対ではないが、指揮した陰陽師が、下の陰陽師を労う目的で行うこともある』

「それは、ホテルの宴会場を貸し切る慰労会のようなものでしょうか」

宴会場であれば、氷柱女の問題で温泉旅館に趣いた際、一樹も目にしている。そのような場所で労われるのであれば、辛うじて想像も付く。

だがモニターに映る協会長は、一樹の言葉に対して首を横に振った。

『いや、お姉さんがお酒を注いでくれる店などだ』

「……おおう」

『参加する陰陽師次第では、ホストクラブや、ゲイバーもある』

「……ぶはっ⁉」

真面目な表情の協会長から飛び出した単語に、一樹は思わず噴き出した。

お姉さんのお店のワンカットであれば漫画で目にすることもあるが、後者は想像の枠外だ。

『未成年者に言うのは気が引けるが、本来は知っておく知識だ。D級になれば、C級に従って参加し、作戦後に労われる。そしてC級になれば、自分が連れて行く側になる。君はA級まで、一気に上がったが』

「そのような慣習があるのですね」

一樹がD級陰陽師だった父親の調伏に付き合っていた時は、そのような体験は無かった。

父親の和則はプライドが高く、使用する道具も高額だった。

そのためほかのC級陰陽師が、経費を分担しながら使うのには、全く適さない陰陽師だった。

C級に上がった後の和則は、一樹だけを連れて仕事をしていた。弟子扱いの実子で、未成年の一樹は、当然ながら連れて行かれていない。

相応の知識を得たと思い込んでいた一樹には、若干偏りがあったらしい。

『上級陰陽師も、協会支部に会場の手配を行わせたりはする。そのレベルになると指示だけ出して、経費も協会持ちだが』

「なるほど、勉強になります」

理解を口にした一樹に対して、協会長はモニター越しに頷いた。

『豊川様は、狐達に対して、報酬とは別に打ち上げも用意された。そして狐達の悪ふざけに未成年の君は誘えないからと、個別に三〇万円を出された。適当に飲み食いで、使って欲しいそうだ』

「……はぁ、ありがとうございます」

断わるのも悪いだろうかと考えた一樹は、三〇万円を受け取ることにした。

協会からの依頼は一樹と豊川に対してだけ行われており、豊川が指揮した陰陽師は、正式には一樹だけとなる。

そのため豊川は、労うとしても後輩で序列も下の一樹と、私的に召喚した狐達だけを対象とすれば良い。

だが三〇万円という中途半端な数字は、蒼依と沙羅の分も含めた金額だろう。

であれば一樹の独断で断わるのも、気が引けた。

『ホストクラブやゲイバーには、行かないように』

「行きません！」

協会長に念を押された一樹は、心の底から力強く答えた。

◇◇◇◇◇◇

「中間テストが終わったら、二人で水族館に行こう」

一樹が蒼依を誘ったのは、協会長から話を聞いた翌日だった。

正確には「仕事の打ち上げに行こう」だが、仕事の打ち上げと言えばガッカリ度合いが上がる。

そのためデートと誤認される誘い方をした次第だ。

陽気なキャラ、俗に言う『陽キャ』ではない一樹は、誘って断わられると普通に落ち込むため、名目が無ければ誘い難い。

豊川の労いは、丁度良い理由付けだった。

何しろ断られても、豊川の差配が断られただけで、自分は傷つかない。

はたして蒼依は、動機も目的も問わず、すんなりと承諾した。

「はい、分かりました」

ホッとした一樹は、安堵して誘う。

「テスト後の土曜日かな。都合が悪ければ、日曜や翌週に変えても良い」

蒼依の機嫌が良さそうだったので、誘い方が正しかったと確信した一樹は、曜日を指定してから自室に逃げ帰った。

ちなみにデートは、男女が日時を決めて会うことである。

一樹は自分を騙してみたが、結局のところデートに誘った次第であった。

——世の中の陽キャは、よく平然とデートに誘えるな。

一〇〇回誘って、一回成功すれば良いという気持ちで誘えれば、絶対に成功するだろう。陽キャの強さを持たない一樹には、不可能であるが。

自身にとって高難易度となるデートの誘いに、莫大なエネルギーコストを消費した一樹は、自室のベッドに倒れ込んで三〇分ほどゴロゴロと転がった。

一樹にとっては、女子をデートに誘うよりも、大鬼を一体倒すほうがよほど楽だ。

なお仕事の打ち上げであるため、別日には沙羅を労わないといけない。

沙羅は絶対に断わらないと分かっているので、多少は気が楽だが、やはり気力を消費する。

——その辺に大鬼でも居れば、狩るんだけどな。

人には、得手不得手がある。


なお水族館を選択したのは、高度な情報収集の結果だ。

一樹が閲覧したインターネットのサイトによれば、女性が行きたいデートスポットは、一位がレストラン、二位が動物園や水族館、三位が映画館であった。

どれくらいの女性を対象に集計を行ったのかは、一切書かれていなかった。

そして閲覧者がコメントを載せることも、出来ない仕様だった。

それでも検索で一ページ目に表示されたため、一樹は正しいのだろうと信じた。

——多分、当たっているのだろう。

信じる者は救われる。

ちなみに、同じく一ページ目に表示された別のサイトによれば、人気一位は遊園地であった。

だが遊園地は人が多すぎて大変なため、一樹は自分に都合の良いサイトを選択した次第だ。

一位のレストランと、二位の水族館を兼ねれば、完璧であろう。

動物園を選択しなかったのは、猫島に誘ったことがあるためだ。その時には、猫カフェが良いというサイトを見た記憶もある。

無意味にゴロゴロと転がり続けた一樹は、やがて気力を回復させて、自室のパソコンでインターネットを閲覧した。

同時にアドバイザーとして、水仙も喚び出す。

『水仙、ちょっと手伝ってくれ』

式神の水仙は、蒼依の家に自室を持っている。『ダーリンと同室でいいのかな』と呟いた結果、蒼依から部屋をもぎ取ったのだ。

その代わり、一樹に呼ばれた時しか二階に上がれないことになっている。

『えー、スマホでゲームしていたのに』

一樹に呼ばれた水仙は、渋々と応じて二階に上がってきた。

「何のゲームをしているんだ……いや、それはいいから手伝え。服選びだ」

水族館へ赴くに際して、まさか学校のブレザーや、妖怪退治に着ていく陰陽師の正装を着ていくわけにも行かない。

何かしら探さなければならないが、生憎と一樹には、服選びのセンスが無いのだ。

一樹はYouTuboのチャンネル登録者数が多いので、彼らに相談すれば、二股や三股の猛者も居るかもしれない。

だがデートで着ていく服を教えてくださいと書いたなら、爆速で世界へと拡散される。

おそらく『友達の話なのですが……』と、前置きして相談したところで、ネットの有識者には、一秒でバレるだろう。

そのため、やむを得ず水仙に相談することにした。


そもそもイケメンや美女は、何を着てもイケメンや美女である。

筋肉マッスルなイケメンのアメリカ人は、無地のインナーシャツを着ていても、やはりイケメンのアメリカ人だ。

よほど服装が酷くて、『働いたら負け』という文字が入った白いTシャツでも着ていれば、いかに容姿が優れていても誤魔化せないかもしれない。

あるいは女性で、二十余年前に、渋谷などでコギャル文化から発展して流行った伝説の「ガングロ」や「ヤマンバ」の姿であれば、可愛い以前の問題だろう。

ガングロやヤマンバとは、当時のファッションの一つだ。

肌を黒くして、口紅やアイシャドウは明るくする。

髪はオレンジやシルバー、ブロンドなど派手な色合いにする。

服装は、ミニスカートに薄いヒラヒラの上着。

沢山の指輪やネックレス、ブレスレットを付けて派手に見せる。

そしてガングロのヤマンバは集団で、大都会を闊歩したのだ。

まさに異世界ファンタジーの世界である。


当時のヤマンバ達は、何を目指していたのか。

現代を生きる一樹には、全く見当も付かない。蒼依の祖母の山姥に聞いても、分からないと答えるだろう。

一樹が思い付いたのは、周りに合わせる日本人が、「友達がやっていたから自分も合わせて」と、ウイルスに感染するように広がっていった可能性だ。

あるいは、ナンパしてくる男避けでやっていた可能性も拭えない。

普通の男性は、ガングロやヤマンバを見ると、警戒感や忌避感を抱き、性欲が減退する。

それは自然界において、蛍光色や派手な色合いのカエルを見て、有毒性を想像するのに近い。

本能が『コレを食べると腹を下す』と、危険性を訴えるのだ。

ヤマンバと普通の娘が居れば、注目を浴びるのはヤマンバで間違いない。だがモテるのは、確実に普通の娘である。

——完全武装したヤマンバだと、本当の容姿が分からない。化粧を落としたら、もしかしたら美人かもしれないと期待させる、ガチャシステムか？

一樹が連想したのは、現代のソーシャルゲーム、通称ソシャゲだった。

ランダムにアイテムが出てくる課金システムの『ガチャ』を先取りしたのが、当時の女子高生のヤマンバなのだろうか。

重厚な化粧を落としたら、何が出てくるのか分からない。

そんな不安と期待を混ぜたシステムを先取りしたのが、当時のヤマンバだったのかもしれない。

水仙から「ゲームをしている」と聞いた一樹が、おかしな妄想に進んでいったところ、ゲームを終えた水仙が二階にやってきた。

現実に帰ってきた一樹は、水仙に質した。

「蒼依と水族館に行く。服装や如何に」

「はぁ、ダーリン、そんなことで呼んだの」

水仙は、使役者に対する尊敬の念が皆無な瞳で一樹を見据えた後、自説を唱えた。

「ＴＰＯって分かるかな。カレーに福神漬けは合うけれど、きんぴらゴボウは合わないでしょう。奇抜な格好はしないで、水族館に合った清潔で、高くない服を一着買えば良いだけじゃない」

「なんで高くない服なんだ」

「デートで服は、女性側が主役でしょう。男性が勝ってどうするの」

水仙の指摘は、至極尤もだった。

服選びで蒼依に勝ったところで、誰にとっても意味など無い。

一樹の役割は、蒼依を褒めることである。

「逆に相手を振りたければ、奇抜な格好で行くと良いよ。貴女とデートする気は有りませんって意味になるから。女性が初デートでズボンを穿く時も、意図的か否かは別として、脈無しって意思表示だからね」

「なるほど、それはテレビで見た気もする」

水仙の説明に対して、一樹は大いに納得した。

「ちゃんと若い男性用の専門店もあるし、忙しくない時間帯に行けば相談できると思うけれど、一見さんだと、売れ残りを売りつけて処分しようとすることもあるからなぁ」

そう言いながら、水仙はパソコンのキーボードとマウスを操り、服の販売サイトを探し始めた。

検索ワードは『格好良い服　一〇代　メンズ』である。

すると検索に出たページには、お洒落のシルエットが乗っていた。


Iラインは、上下ともに細身で、万人受けの印象を与える。

Yラインは、上がボリュームで下が細身で、大人らしく見える。

Aラインは、上が細身で下がボリュームで、男らしく見える。

崩してラフでも、キッチリしたスーツの形でも良くなくて、バランスが大事とされている。

上下の色の組み合わせは、白黒グレーの無彩色のみか、それに一つないし二つを合わせるのがお勧めであるようだ。

「ズボンは、黒がお勧めかな。足が長くて、格好良く見えるよ」

「そんなものなのか」

「そうだよ。下が黒い代わりに、上は明るめにして。靴は、お洒落なキャンバスシューズ、大人用のシンプルなスニーカー、クールなレザーシューズを服に合わせて」

「靴まで必要なのか」

一樹が驚愕したところ、水仙は呆れた表情を浮かべた。

「女子は、一〇倍くらい考えているからね」

「マジか」

水仙の指摘に恐れ入った一樹は、言われるがまま、お勧めの服をネットで発注した。

◇◇◇◇◇◇

「晴れて良かったです」

見上げた青色のキャンバスには、綿飴のような積雲が疎《まば》らに浮いていた。

気象庁が定義する『快晴』（雲の割合が一割以下）ではないが、確実に『晴れ』（雲の割合が八割以下）である。

雲の割合は、目分量で二割から三割くらいなので、快晴に近い晴れと言っても良いだろう。

晴れ渡った空の下、一樹は蒼依と水族館に赴くことになった。

蒼依の服装は、空の青さと髪の黒さに映える、白いワンピースだった。

白色は少しでも汚れていると目立つため、医療現場で白衣にも使われている。

そのため、きちんと着ていれば清潔感や清楚さを印象付けられる服だ。

心理学においては緊張感を持たせる色だが、それだけに風景に紛れず目立つ。

結婚式では、白無垢やウェディングドレスに使われることから、万国共通で清らかさや美しさを表す色と認識される。

あるいは降伏の白旗の色でもあり、あなたに従いますという信頼感を与える意味にも使われる。

着熟《きこな》すのは難しいが、蒼依は見事に着熟していた。

水仙曰く、デートで女性の服装を褒めるのはマナーであるらしい。

莫大な精神的エネルギーと引き替えに、一樹は言い慣れない言葉を口にした。

「似合っている……可愛いな」

明日から顔を合わせ難くなるどころか、早速今から辛いが、一体どうしてくれるのだと自分を責めたものの、口から出した発言は取り消せない。

一樹が内心で呻いたところ、蒼依からはより自然な返答があった。

「ありがとうございます。主様も格好良いですよ」

もうエネルギーが残っていないので、家の中に引き返したい。

そんな気持ちに必死で耐えた一樹は、蒼依の手を引き、水族館へと歩み出した。

海に面した花咲市には、水族館が作られている。

水族館
AQUARIUM

設置者は花咲グループで、三〇年前に地元への還元事業の一つとして始めた。

水族館は海と繋がっており、天然の海水を引き込んでいる。

展示している魚は、地元の港に揚がったものも多い。

また売り物にならない魚を餌用として、とても安く分けて貰っている。

それらは地元に密着した還元事業であればこそだ。

経費が浮いた水族館側は、水族館の食事処と駐車場を無料にするなど、地元への還元を強めた。

すると利用客が増えて、それを元手に投資を行う。

そうなると市外や県外からも利用客が訪れる好循環が生まれて、施設は立派になっていった。

現在の収支は、年間で数億円の黒字が続いている。それは充分な従業員と展示する魚を揃えて、施設を立派に改修して、なお余剰金が生まれているということだ。

――流石は、花咲か爺さんの一族。何をやっても上手く行く。

そんな水族館の券売所で、二人分のチケットを買った一樹は、建物の中に入った。


最初に聳え立つのは、ジンベエザメの展示棟だった。

ジンベエザメの大きさは、クジラを除く動物では世界最大だ。

全長は平均五・五メートルから一二メートルとされる研究があるが、別の研究ではもっと大きく評価されており、最大二〇メートルの個体も確認されている。

二〇メートルは、マンション六階分の大きさになる。

水槽を泳ぐジンベエザメは、全長が最大個体ではなかったが、流石に大きすぎるためか、建物が丸々一棟使われていた。

ジンベエザメの展示棟は、地下三階くらいから地上三階くらいまでの超巨大空間となっている。地下部分はコンクリートなどで、上の三階分が水槽のようだったが、水槽の耐久に不安を覚えるほどの巨大さだ。

プランクトンを主食とするサメの一種であり、海と水槽が上手く繋がっているために、おそらく食費は掛からないのだろう。

「ジンベエザメって、凄く大きいんですね」

「ああ、デカすぎるな」

花咲グループは、なぜジンベエザメを展示しようと思ったのだろうか。

そして巨大化したら、海に放流でもするのだろうか。

そのようなことを考えながら、一樹が案内の看板を見たところ、ジンベエザメの紹介が載せられていた。

ジンベエザメの周囲にはイワシやカツオなどが群れるために、関東では大漁の吉兆とされることもあった。

昔はジンベエザメを使った『ジンベエ釣り』なる漁法もあって、恵比寿にちなんでジンベエザメを『エビス』と呼ぶこともあったそうだ。

木下利次の『民俗学三（一〇）』（一九三一年）によれば、ジンベエザメは宮城県石巻市金華山沖に伝わる怪魚『ジンベイ様』であるとされる。

ジンベイ様は、カツオが良く穫れる時期に現れる。

カツオを食べると身体が爛《ただ》れ腐ってしまうので食べない。

そのためカツオは、ジンベイ様の周りに良く群れる。

また船がジンベイ様の背に乗ることがあり、海中を覗くと海が淡く光るので分かるという。

「穏和な妖怪も居たものだ」

海の巨大さに圧倒された一樹達は、普通サイズの魚達の展示棟へと移動した。


水族館では、海の生き物のほかに、川や湖の生き物も展示していた。

人が流れて行くのはイルカショーが行われている会場、そしてペンギンやアザラシ、ウミガメなどの展示棟だ。

暗闇でクラゲが光る展示室などにも、程々には人が流れて行っている。

そんな中で一樹は、一つの案内図に目を留めた。

『カップル限定』

それは世間では、滅多に見かけない類いの案内だ。

「このご時世、同じ入場料を払わせた客を差別して、大丈夫なのか」

一樹は常識から、案内板の文言に懸念を呈した。

だがA級陰陽師を輩出し続ける花咲家は、強い発言力を持つ家だ。

地元や近隣の県でも、花咲家とモメるのは嫌がる。

凶悪な妖怪が出た時、花咲家とモメていれば、係争中だとして助けて貰えないからだ。

なぜ喧嘩を売ってきた相手のために、争っている最中、命を掛けて助けに行かなければならないのか……といった次第である。

ほかのA級陰陽師に声を掛けたところで、A級陰陽師への扱いが悪い県に対しては、ほかのA級陰陽師も協力的にはなれない。

花咲家が『ここはカップル限定だ』と言えば、争いになっても、おそらく通る。

「よし、行ってみよう」

花咲家が、一体何を考えてカップル限定の展示棟を作ったのか。

興味を抱いた一樹は、蒼依の手を引いて、カップル限定の展示棟へ乗り込んでいった。

なお意図を説明していない一樹の行動は、端から見た場合、『カップル限定コーナーを見つけて、強引に彼女を引っ張っていく彼氏』である。

途中で自身の行動に気が付いた一樹は、今更後には引き返せず、館内を足早に進んでいった。そして蒼依は、もちろん素直に付いてきた。


そして限定棟に入った一樹は、水槽に浮かぶ魚に驚き、思わず立ち止まった。

一樹の左隣を歩いてきた蒼依も、思わず一樹の左手にしがみつく。

一樹達の前に現れた魚は、『乾鮭の怪物』であった。

江戸時代、京都の綾部藩士が記録した『綾部町史』には、次のように書かれている。


昔、京へ乾鮭を売りに行く男がいた。

男は道中で、罠に掛かっているキジを見つけた。そして自分が持っていた乾鮭と、罠に掛かっていたキジを勝手に取り替えて持っていった。

すると罠を掛けていた猟師は、山で罠に掛かった乾鮭を見つけて困惑した。

その山では、誰も鮭を食べる習慣がない。

そもそも口にして大丈夫かも分からない。

困った猟師は乾鮭を池に投げ込み、「再び生きて、この池の主となれ」と呟いた。

その翌年以降、雨の日や夕方になると池の主が現れて、災いを為した。

大雨の晩、池を通りかかった男の前に異形の怪物が現れる。男は大慌てで逃げ帰ったが、高熱が出てうなされ、様々なことを口走った。

村の者達が集まってきたところ、男の口を借りた池の主が『毎年秋に少女を一人、人身御供にせよ。然もなくば、祟る』と告げた。

数年後、乾鮭売りが村を通りかかると、人身御供を出している話を耳にした。

そこで乾鮭売りは、かつて乾鮭を投げ込んだ池に赴き、人身御供の少女が池に引き込まれそうになっていたところを割って入り、乾鮭の怪物に対して「三分五厘の分際で何様だ」と叫んだ。

そして乾鮭売りは、乾鮭の怪物の頭を杵で何度も打ち据えて、退治したのである。

村人が確認すると、退治された乾鮭の怪物は、長さが五尺から六尺（一尺＝約三〇センチメートル）もあり、顔は鬼瓦のように恐ろしかったという。

乾鮭売りの男は、自分が勝手に交換した乾鮭だとは話さなかったが、自分の手柄で倒したのだとも言わず、杵の威徳だと誤魔化した。

「乾鮭の怪物は倒されたけど、子孫は残ったらしいな」

乾鮭の怪物の子孫達に妖力は殆ど受け継がれていないが、鬼瓦のような恐ろしい顔付きと、大きな身体は継承していた。

乾鮭の怪物は、少女を連れて行く恐ろしい妖怪だ。

カップルで入れば、女性が怖がって男性に抱きつく。すると腕に触れた柔らかい感触で、男性は非常に嬉しい思いをする。「大丈夫だ、俺が付いている」などと言えば、株も上がるだろう。

「……大丈夫だ、俺が付いている」

一樹は、せっかくの花咲グループのお膳立てに乗ってみた。

そしてカップルコーナーの反対派が出たら、自分もA級陰陽師の一人として、花咲側に付こうと思ったのであった。

◇◇◇◇◇◇

【本スレ】陰陽師について語るスレｐａｒｔ６６４５

５７０：名無しの陰陽師
最近人気のデートスポット　※単なる風景写真です
http://abd.imgor.com/bsoSa4cs.jpg
水族館でお勧めの食事処　※単なる風景写真です
http://abd.imgor.com/bso2Dhcs.jpg
海鮮丼などが人気らしい　※単なる風景写真です
http://abd.imgor.com/bsAoa2cs.jpg

５７１：名無しの陰陽師
普通に美味そうだなぁと思いました

５７２：名無しの陰陽師
足元の道も、水族館の人気キャラクターが描いてあるんだな

５７３：名無しの陰陽師
そば処でコーヒーの、のぼり旗は良いとして
五月でアイスや、かき氷の旗まで出すのは、早くないか

574：名無しの陰陽師
＞＞570
俺ならカレーを食べていたな
臭いが強くない選択肢にして偉い

575：名無しの陰陽師
ワカメラーメン食べたい
腹減った

576：名無しの陰陽師
そういえば海苔って、日本人しか消化できないらしいな

577：名無しの陰陽師
＞＞576
いや、そんなことは無い
海藻の食物繊維を消化できる腸内細菌を持つ日本人が見つかって、
北米人からは見つからなかったと、科学誌ネイチャーに載っただけだ
ぶっちゃけ腸内細菌を移せば、欧米人でも消化できるようになる

578：名無しの陰陽師
インテリさんが混ざっておられる

579：名無しの陰陽師
＞＞570が撮った渾身のスクープが
見事に流されていった件

580：名無しの陰陽師
独身の男女がデートして
一体何が悪いんだ？

581：名無しの陰陽師
スクープでも何でもないだろ
スクープの定義を調べてこい

582：名無しの陰陽師
陰陽師は、政治家でもタレントでもなく民間人だから

週刊誌が載せたら、肖像権侵害とかストーカー行為で訴えられるぞ
だから風景とか言い張っているんだろうけど

５８３：名無しの陰陽師
瀬戸内海を解放できるレベルのＡ級陰陽師なら
子供の呪力もＣ級以上は確定だろ
お妾さんが二〇人くらい居ても良いよ

５８４：名無しの陰陽師
継承には、環境要因と、遺伝要因がある
子供が増えて継承が分散すると、質が落ちる
少ないほうが良い説もある

５８５：名無しの陰陽師
Ｂ級の子供二人と、Ｄ級の子供二〇人なら
Ｂ級のほうが良いな

５８６：名無しの陰陽師

だったらA級の賀茂陰陽師の父親は？
子育ては終わったんでしょ
もう一人、A級を作ってくれ
失敗してもC級なら充分に凄いじゃん

587：名無しの陰陽師
いやいや、畑で野菜を作るみたいに言うなよ

588：名無しの陰陽師
陰陽師を一人育てるだけで、どれだけ大変か

589：名無しの陰陽師
作れるなら、作ってくれて構わんぞ
賀茂氏の父は離婚しているはずだ
誰も文句なんて付けないだろう

590：名無しの陰陽師
金もあるだろうし、A級陰陽師の義母になれるし

玉の輿狙いは、結構居るだろうな

５９１：名無しの陰陽師
陰陽大家とか？

５９２：名無しの陰陽師
＞＞５９１
統括陰陽師の地位に上がれなくて困っている陰陽大家は
Ｂ級以上の即戦力じゃないと、家に迎え入れないぞ
逆にＢ級で、婿養子や嫁入りが可能な陰陽師だったら
親類縁者から、美男子でも美女でも連れてくるけどな

５９３：名無しの陰陽師
賀茂父はＣ級だっけ？
子供がＡ級でも駄目なんだな

５９４：名無しの陰陽師
同じ夫婦でも子供の才能が違うし

再婚だと妻すら違うから
子供がB級以上になる保証は無い
595：名無しの陰陽師
おっさんの再婚なんて興味ないがな（´・ω・｀）
596：名無しの陰陽師
ネタが無いのは平和な証拠
597：名無しの陰陽師
フラグ立てるな
598：名無しの陰陽師
いや、何も無いでしょ
国家試験も八月だし
599：名無しの陰陽師
タラララン、タラララララン（ニュース速報の音

600：名無しの陰陽師
……あっ

601：名無しの陰陽師
＞＞596
あー、やらかしたな

602：名無しの陰陽師
いやいや……（テレビを付けつつ

603：名無しの陰陽師
祭りの時間だっ！ ヽ(´Д`)ノ(´Д`)ノ(´Д`)ノ

◇◇◇◇◇◇

698：名無しの陰陽師
・大発生の虎狼狸（コレラ・妖病）、事前調伏　陰陽師協会発表
五月二六日一七：一二配信　合同通信ニュース

陰陽師協会は二六日、山梨県南巨摩郡身延町で通行を妨害していたA級妖怪・槐の邪神を調伏し、近郊に大量発生した妖怪・虎狼狸を駆除したと発表した。

虎狼狸は妖気で人間を弱らせ、コレラ菌を感染させる妖怪。

一般人の呪力では耐えられず、防疫は極めて困難。

一八六二年には江戸だけで二三万人が死亡するなど、過去に日本だけで数百万人もの死者を出している。本件に対応出来なかった場合、延々と発生する虎狼狸による犠牲者は、数十万人以上だったと推定される。

特別作戦は五月三日から行われ、豊川、賀茂のA級陰陽師二名が障害となる妖怪を調伏後、虎狼狸八六五体を駆除した。

陰陽師協会は、身延町近郊の掃討作戦が完了したと発表している。

(※虎狼狸の写真は、陰陽師協会の提供)

699：名無しの陰陽師
(゜Д゜)
(Д)。。

700：名無しの陰陽師

（：゜ д ゜）ゴクリ……

７０１：名無しの陰陽師
一体、何を言っているの？　（、゜ω゜´）

７０２：名無しの陰陽師
想像よりも遥かに重大だった件
そしてヤワーニュースの記事も、虎狼狸だらけになった

７０３：名無しの陰陽師
テレビ速報にも流れているけど
五月三日って、かなり前じゃん

７０４：名無しの陰陽師
ヤバすぎて発表できなかった説

７０５：名無しの陰陽師
協会がデートのネタを流そうとしている説

706：名無しの陰陽師
確かにヤバい。一国で数百万人が死ぬとか、戦争の当事国レベル

707：名無しの陰陽師
事が重大すぎて、俺の脳が処理できない

708：名無しの陰陽師
これって協会が対応しなければ、日本中にコレラが蔓延していたってことだよね

709：名無しの陰陽師
虎狼狸って、自衛隊の武装で駆除できないの？

710：名無しの陰陽師
ヒント＝通行を妨害していたA級妖怪・槐の邪神。怨霊は物理で倒せない

711：名無しの陰陽師
飛行するドローンに武器を持たせて行かせたら？

712：名無しの陰陽師
身延町の周辺って、全部が山じゃん
北は青森県から、南は山口県まで、山と森で繋がっているんだけど
ドローンで全部を駆除できるの？

713：名無しの陰陽師
ドローンを飛ばしまくったら、
山とか森に暮らす妖怪が怒って攻めてきて
人妖大戦が勃発するんじゃないか

714：名無しの陰陽師
倒しても怨霊になって襲ってくるんだから、触らぬ神に祟りなし

715：名無しの陰陽師
妖怪の領域の見極めと、住み分けは大事

716：名無しの陰陽師

どうして国の陰陽庁じゃなくて、民間の陰陽師協会がやっているの

717：名無しの陰陽師
陰陽寮を廃止した明治時代から陰陽師は、自分達で勝手にやっているだろ

718：名無しの陰陽師
>>716
要約すると『国が遅くて、後始末をする陰陽師が迷惑するから』

719：名無しの陰陽師
そうじゃなくて、失敗したら責任取れるの？

720：名無しの陰陽師
妖怪対策は、陰陽寮を廃止した阿呆な政府より
陰陽師のほうが、遥かに正確に判断できるだろ

721：名無しの陰陽師
虎狼狸を放置したらヤバイなんて俺等でも分かるし

協会が出来なければ誰も出来ないし、やるしかないのは確定的に明らか

722：名無しの陰陽師
国と協力してやれば良いじゃん

723：名無しの陰陽師
A級妖怪の対策装備をした自衛隊を揃えるまでに、何百年くらい掛かる予定なの？
たぶん、一生揃わないよ

724：名無しの陰陽師
数百万人が死ぬかもしれないレベルの災厄を数人で判断して数人で即座に解決してしまう協会のほうが、早過ぎておかしいだけ
まあ協会は、現人神や人外込みの組織だけどな

725：名無しの陰陽師
協会に任せておけば、大体何とかなる説

726：名無しの陰陽師
協会も出来ないことは沢山あるだろ
江戸時代の虎狼狸では沢山死んでいるし、今回は対応できただけ

727：名無しの陰陽師
江戸時代は、陰陽寮は国の組織だったんだよなぁ

728：名無しの陰陽師
それは国も「傘下に戻れ」と強制できんわ

729：名無しの陰陽師
いや、国は戻れと半強制したぞ
だけど宇賀様に、叩き返されたんだわ

730：名無しの陰陽師
困ったら、りんちゃん様にお願いするのが一番
何だかんだ言って、ちゃんと解決してくれるし

７３１：名無しの陰陽師
さすりんちゃん様

７３２：名無しの陰陽師
狐耳、もふもふしたい

７３３：名無しの陰陽師
それじゃあ俺は尻尾で

７３４：名無しの陰陽師
お前ら、協会が怒って開示請求しても知らんぞ
警察も裁判所も、豊川様のシンパは多い
実際に見せしめの逮捕者が何度か出ているからな

７３５：名無しの陰陽師
…………りん様！
いつも、ありがとうございます！（´・ω・｀）

736：名無しの陰陽師
りん様、万歳（＊´ω｀＊）／

737：名無しの陰陽師
りん様が正義、善狐！

738：名無しの陰陽師
りん様しか勝たん

739：名無しの陰陽師
A級二人の共同作戦なんだから、
賀茂陰陽師のほうも評価してやれよ

740：名無しの陰陽師
りん様が上席で参加しているし、リーダーが主役にならざるを得ない

741：名無しの陰陽師
仕事の内訳が見えないと、評価し難いんだわ

ちなみに瀬戸内海の件は、凄く評価している

742：名無しの陰陽師
俺も評価しているぞ。実感が湧かないだけで

743：名無しの陰陽師
A級なんて、人外のほかには、五鬼童と、協会長と、花咲くらいだろ
陰陽大家である程度だと、上がれないんだよなぁ
育てた賀茂父が凄いと思うわ

744：名無しの陰陽師
離婚済みの賀茂父に、同世代の独身女性を送って
次のA級陰陽師を作って貰おうぜ
お前ら、職場のお局様を推薦しろ

745：名無しの陰陽師
やめて差し上げろw

第四話　歌唱奉納

「よし、お前達、席替えをするぞ！」

中間テストが終わった休み明けの月曜日。

登校した一樹を含む一年三組の生徒達は、教室のホワイトボードに席順が書き込まれているのを目撃した。各自の机上には、印刷された紙まで丁寧に配られている。

その上で朝のショートホームルームで、全員が予想したとおり、担任が席替えを宣言したのだ。

「新しい席は、中間テストの成績順だ。一番が後ろの窓際、そこから廊下に向かって二番、三番、四番、五番、六番。端まで行ったら一つ前に出て、また窓際から七番、八番……だ。これから当面このままにする」

「「「ええーっ」」」

口角を吊り上げて、悪人っぽく不敵な笑みを浮かべて見せた担任に向かって、クラスメイトは一斉に抗議の声を上げた。

一樹のクラスには、三〇人の生徒が在籍している。

机の並びは縦と横が六列ずつで、五×六で三〇名が苗字の『あいうえお順』で座っていた。

担任が作った新しい席順は、それを成績順にするものであるらしい。

教室の一番後ろの列が、窓側から一位から六位。

後ろから二列目が、七位から一二位。

後ろから三列目が、一三位から一八位……と、続く。

「成績が悪い六人は、一番前の特等席で授業を聞ける。そして一位は、後ろの窓際で優雅に外を眺められる。お前ら、しっかり勉強しろよ！」

「酷い、中鬼、中魔！」

「陰陽師、早く倒してくれ」

クラスメイト達から、再び抗議の声が上がった。

一樹は中学でも席替えをしたことがあるし、ほかの生徒達も同様であろうから、席替え自体が行われるのは理解できる。

あいうえお順をくじ引きで公平に改めると言われれば、おそらく誰も反対しなかっただろう。

こんなことをして、保護者に怒られないだろうか、と、あからさまな席替えを一樹は心配した。

もっとも子供の成績が上がるのであれば、むしろ親達は支持するかもしれないが。

「ほら、移動開始だ。いけ、いけ、いけ！」

担任に押し出された一人が、しぶしぶと移動を開始する。

やがてクラス中が牧羊犬に追い立てられた羊の群れが如く、自分の机を持ち上げながら、指示された位置に移動していった。

同じ高校に入学した一年生の一学期で、成績に大差はないはずだが、早くも成績でクラス内カーストが生み出された。

「……作為を感じるな」

一樹の成績は、水仙のおかげで二番だった。

蒼依が三番だったのは、水仙の情報を共有していながら、わざと一問を間違えて一樹に順位を譲ったのだと思われる。

そして沙羅が一番だったのは、授業で習っていなくて水仙が解けなかった問題も解けたからだ。

そこまでは理解可能だが、一樹が担任に作為を感じたのは、席順が廊下側まで行った後に折り返さず、再び窓から進む形だった点だ。

テストの成績は、香苗が七番、小太郎が八番、赤堀が一三番だった。

廊下側で折り返していたらバラバラだった同好会のメンバーは、窓に戻って折り返したことによって固まった。

七番の香苗が、一番の沙羅の前。

八番の小太郎が、二番の一樹の前。

一三番の柚葉が、七番の香苗の前。

同好会のメンバーは、一年三組の後ろで一塊になっている。

――中間テストの結果で固定して、期末テストでも変えないのは、作為だろうな。

成績を上げさせる目的であれば、中間テストや期末テストが終わるごとに席替えをするだろう。

あるいは、以前行った抜き打ちテストの結果で変えても良い。

だが理事長から校長に指示が出るような生徒達は、一纏めにしておきたいはずだ。

純然たるテストの結果と、クラスの安寧とを天秤に掛けて、担任は後者を選択したのだ。

なにしろ一樹の場合、槐の邪神と虎狼狸の件で、全国ニュースになっている。担任の心労に思いを馳せた一樹は、席順の固定について受け入れた。

――自覚が無くもない……かもしれない。

かくしてクラス中の席を引っかき回した担任は、嵐のように去っていった。


台風一過で、クラスは落ち着きを取り戻していった。

すると周囲の新たな顔触れに向かって、挨拶が始まる。

一樹の場合は、右隣に蒼依、左隣に沙羅、前に小太郎であり、いまさら挨拶をするまでもない。

香苗が前後の柚葉や沙羅と話しをしており、蒼依も右側や前の席と挨拶を交わしていたので、一樹は後ろを振り返った小太郎と雑談に興じた。

「ゴールデンウィーク、派手にやっていたらしいな。ニュースで見たぞ」

「あのニュースか」

心当たりが有り過ぎた一樹は、苦笑いを返した。

一樹がA級陰陽師として仕事を割り振られたことは、報道で国民に広く知られている。

依頼を受ければ守秘義務が発生するが、依頼人である陰陽師協会が自ら発表した部分は、守秘義務の範囲ではないだろう。

そのように判断した一樹は、仕事を行った事実を肯定した。

「小太郎も、花咲家の犬神を継承したら、何か仕事を割り振られるかもしれないぞ」

肯定した一樹は、不意に席替えの効果に思い当たった。

小太郎は、教室内で一樹に対して秘密を話せとは言っていない。

それでも隣の席に漏れ聞こえる内容は、重大事だ。

一樹の左右と前を陰陽師で固めた席順は、最適解だったかもしれない。


「豊川様って、どんな感じだったんだ」

小太郎は豊川に関心を持っている様子だった。

A級の一位から三位は長らく固定されており、知名度は非常に高い。

だがタレントや政治家に比べると世間への露出が少ない。

そんな中で豊川は、世間からはお人好しの善狐と知られている。

A級陰陽師が動くような重大事件で、豊川が人を助けた頻度が多いためだ。

「世間のイメージ通りだったぞ」

一樹が目の当たりにした豊川は、昔の日本人的な感覚を持つ狐で、感性が現代にバージョンアップされておらず、囲炉裏でイワナを炙り、おにぎりを握っているような女性だった。

スマホの機能は使えなくて、ガラパゴス携帯で充分だと思っているはずだ。

メールを打つには、物凄く時間が掛かると思われる。

インターネットを用いた会議アプリによる連絡を行うなどと伝えれば、困った表情を浮かべて、ジッと見詰めるはずだ。

可愛い服装は、人間達が「最近の流行です」と騙し、狐達も便乗した結果として着ている。

ただし、悪意を以て豊川を騙した人間に対しては、警察と携帯電話会社や銀行が、規則などを逸脱して協力して追い回し、確実に捕まえると思われる。

そして裁判官も、実刑で厳しく処罰する。

人間を保護しているのか、人間に保護されているのか、分からない気狐。

それが一樹の見た豊川だった。


「そうか。A級だと共同作戦もあるんだな」

小太郎の様子は、憧れの有名人と会える機会を想像するファンだった。

「まあ、良い人というか、良い狐ではあったな。小太郎が陰陽師になって、A級まで昇格したら、常任理事会で年二回は会うぞ」

「花咲一族の誰に憑くかは、氏神である犬神次第だ。D級くらいの呪力を持つ必要はあるが、花咲の氏子であれば候補に成り得る。あとは、なるべく陰陽師であるほうが良いくらいか」

花咲家には、A級の力を持つ犬神が、式神として当主に憑いている。

花咲家の血筋で、事前に犬神と顔合わせしている必要はあるが、条件さえ満たしていれば、当主の子供に憑くとも限らない。

当主の弟や甥に憑くこともあって、当主がゴネても、どうにもならない。

そのため犬神が憑けば、新当主という風に、花咲一族では決まっている。

その部分については世間的に有名なので、一樹も知っていた。

だが継承者は「なるべく陰陽師であるほうが良い」などは、知らなかった。

差し当たって小太郎は、陰陽師国家試験には合格すると思われる。

「小太郎は、確実に受かるだろうな。それと柚葉も、受かるだろう」

一樹と出会った当初の柚葉は、D級上位の呪力を持っていた。

さらに蛇神とムカデ神との戦いの場に居合わせたことや、母親の蛇神が龍神に昇格したことで、柚葉も強化されてC級に上がった。

現状で柚葉は、呪力では確実に一〇位以内に入る。

試験では守護護符を作らなければならないが、母である龍神を描けば良い。

龍神は神であるし、柚葉にとってはイメージが容易で、柚葉と龍神の呪力は親和性も高いので、籠めた力で効果を得易くなる。

同好会の実績を作りたい一樹としては、柚葉が合格してくれれば有り難い。

柚葉を作った龍神との話し合いでは、柚葉は身請けの形になっている。

そしてムカデとの戦いに戻りたくない柚葉も、その結論を維持したいので、一樹の都合で陰陽師に合格させることは問題ない。

一樹自身は柚葉に対して、高校卒業後は好きにしてくれて良いと思っている。

だが柚葉自身は、一樹に放り出されたと親に知られれば引き戻されかねない。

一度引き取っておいて、放り投げるのも問題だろう。であれば、賀茂陰陽師事務所で雇うのも、やぶさかではなかった。

——地元系の軽い仕事で、何かの役には立つかもしれないか。

地元の仕事を全く引き受けないのも、所属する協会の都道府県支部には悪いかもしれない。

柚葉にB級下位の八咫烏達を数羽付ければ、C級以下の仕事であれば支障なく熟せるだろう。

そしてC級の仕事であれば、通常は都道府県を統括するB級陰陽師にしか対処ができないので、需要は大きい。

柚葉に関しては、それで良いと一樹は見なしていた。

——問題は、柚葉が一人で仕事を熟せるかだけどな。

八咫烏達のほうが、余程信用できるかもしれない。

一樹は柚葉の後ろ姿を眺めながら、陰陽師にしたあとの不安を抱いた。

◇◇◇◇◇◇

「七月下旬から陰陽師の国家試験があるが、香苗さんにも受けて貰いたい」

授業が終わって同好会室に移った一樹は、香苗に活動方針を話した。

四月上旬の同好会発足より、既に二ヵ月近くが経っている。

機材や道具を揃えた陰陽同好会は、蒼依、柚葉、香苗の三人に霊符の作り方を教え始めるなど、順調に活動を開始している。

その間にムカデ神を調伏して柚葉を解放し、一樹は柚葉を下の名前で呼び始めた。

一樹が小太郎を含めて、祈理香苗を除く全員を下の名前で呼ぶようになったことで、香苗にだけ疎外感を与えないために、祈理香苗も「さん付け」だが下の名前で呼ぶようになった。

発足から二ヵ月が経った同好会は、メンバー同士の関係も変化している。

そんな陰陽同好会の当面の目標は、国家試験で小太郎以外にも合格者を出して、立派な活動実績を作ることだ。

実家で修行してきた小太郎が合格するだけでは、理事長から同好会の実績として評価されない。理事長からすれば少額だとは言え、同好会の備品としてポケットマネーも出して貰ったのだから、何かしらの結果は出しておきたい。

誰の弟子でもなかった柚葉や香苗が陰陽師になれば、実績として評価されるだろう。

そうすることで一樹のほうも、気兼ねなく高校生活を満喫できる。

——一人よりも、二人合格させたほうが良い。

香苗を勧誘する際、国家試験の受験には同意を得ており、今回は受験の確認だった。

「E級上位の呪力を持つ香苗さんは、二次試験で一〇〇位以内に入る。二次試験の評価方法は明確だから、充分な呪力があって、霊符を作成出来れば、E級に認定される」

「そうなんですか」

断定した一樹に対して、香苗は確信を持てないようで、疑わしげに問い返した。

疑問に対する一樹の答えは、単純明快だった。

「陰陽師は、深刻な人手不足なんだ」


陰陽師は、不足している。

それは日本政府と、陰陽師協会の共通認識だ。

大前提として、日本が領有を主張する国土の三分の二は、人外の領域である。

政府は、陰陽師を増やせば、現在の領土維持や、あわよくば拡大も出来ると考えている。

協会も、高すぎる殉職率を改善すべく、増員して現場に余裕を持たせたいと考えている。

そのため陰陽師国家試験には、合格者の上限人数は定められていない。

政府と教会は、たくさんの陰陽師が欲しい。

資格を与えるだけならば報酬も発生しない。故に規定の呪力値と霊符作成の技術があるならば、陰陽師が一〇〇万人増えたところで構わないのである。

人数が増えれば管理も大変だが、運転免許証を持たせて管理するレベルであれば、政府は直ぐに実現できる。

あまり本格的に活動しない柚葉や香苗が受かっても、ほかの誰かが落ちたりはしない。

そのため資格取得後に、あまり活動しなくても、香苗が気に病む必要は無い。

「柚葉は龍神の娘で、香苗さんも妖気を持つけれど、A級の一位から三位も人外だから問題ない。推薦者には、俺が名前を書く」

受験の申込では、師匠の名前や、弟子としての従事期間を記入する欄がある。

香苗の場合、一樹は賀茂家の秘術こそ教えていないが、一般的な知識は伝授している。

そのため香苗の師匠の欄には、主たる指導者として一樹の名前を書くのが正しい。

弟子入りの期間が一年以上でなければ、一次試験の免除は無い。

だがA級陰陽師の推薦があれば、念入りに確認されるので、一次試験で試験官側の手違いで不合格になる可能性は無くなる。

「今回受けるのは、小太郎、柚葉、香苗さんの三人になる予定だ。俺と沙羅は資格を持っているし、蒼依は事情があって、少なくとも今年は受験しない」

龍神の導きを受けた蒼依は、『いずれ山姥に至る山姫』から、『土地神になる可能性のある山姫』に成ったところだ。

現在は、式神として一樹から気を得ているが、神域を作って自然や地脈の気を集められるようになれば、一樹の死後も人を食べずに生きていける。

だが、未だに山姥に至る可能性は残っているので、呪力の使い道は神域作りであるべきだ。一樹から独立した別の陰陽師として、妖怪調伏に行って呪力を使う状況ではない。

そもそも将来が未確定の現段階では、陰陽師協会で不用意に目立つのは危険だ。

蒼依の正体が発覚したうえで、神域作りが未達成のままに一樹が殉職しようものなら、蒼依は討伐対象になりかねないのである。

資格を取得しに行くことには、メリットよりもデメリットのほうが大きい。

そのため現段階で一樹は、蒼依を受験させせない判断をしている。

「えー、そうなんですか。蒼依さんは、受ければ一位で受かるのに」

ムカデ神退治で一緒だった柚葉は、B級上位の実力を持つ蒼依が受験しないことを惜しんだ。

もっとも一樹に言わせれば、「だから目立ちすぎるんだ」ということになるのだが。


一樹は掲示板で知るのみだが、今年は世間で天賦の才だとか、天才だとか噂になっている沙羅の妹、五鬼童凪紗が受験する予定だ。

五鬼童家は、受験の段階で最低でもC級の実力者を送り出している。

実際に沙羅と紫苑は、C級上位の実力者だった。

そんな実力者集団の五鬼童家に属していて、沙羅達ではなく凪紗が天才だと言われるのだから、凪紗の実力はB級だろう。

C級上位とB級下位は、呪力で二・五倍差がある。

すなわち、受験当時の沙羅と紫苑が二人掛かりで戦うよりも強い力を持っていることになるが、それくらい差がなければ天才とは言われない。

だが一樹の気と龍神の加護を受け、八咫烏達の霊符も作れる蒼依は、呪力と術で凪紗を上回る。

そしてエキシビジョンマッチになったとして、人間では不可能な反射神経で天沼矛を振るえば、日本中が注目する天才少女を蒼依が倒してしまいかねない。

そうやって一位になった蒼依は、日本中から新たな関心の的となる。

両親の死や、祖母の行方不明、一樹が同棲していることも調べられる。

すると、おかしな点を徹底的に調べられて、山姥に至る可能性がある部分も露見する。

――受験するなら、蒼依が神域を作れるようになった後、協会に根回ししてからだな。

山姥化の可能性を解決した後、陰陽師協会から保証を得られれば、蒼依の問題は解決する。

「蒼依は受験しない。でも柚葉と香苗さんが受かるから、同好会の実績作りは達成出来る」

A級陰陽師の事務所に所属する助手で、事情があると言われれば、事情を察せざるを得ない。

一樹と蒼依だけではなく、同じく所属している沙羅も納得しており、柚葉も惜しみつつも翻意を促したりはしていない。

同好会室に居る小太郎も、蒼依の件は一樹の事務所内の事情と考えているのか、口は出さない。

そんな五人の様子を見た香苗も、説明は求めなかった。

香苗が確認したのは、自身に関することだった。

「入会する代わりに、賀茂さんも協力してくれる約束でしたよね」

一樹が同好会に勧誘した時、香苗は兼部できないことに迷いを見せていた。

その際に一樹は、音楽大学に進学したいなら吹奏楽部に入るべきだと話したうえで、高校生活を楽しみたいのであれば同好会も悪くないと言った。そして船上での演奏会や、動画配信チャンネルでの投稿や客の誘導に協力する旨も約している。

「約束したし、約束は守るつもりだ」

一樹が肯定すると、香苗は僅かに躊躇いを見せてから告げた。

「あたしは、父方の祖母が妖狐です。半妖よりも薄い、半々妖のクォーターなんです」

正体の告白に、一樹は黙して頷いた。

狐の妖怪には、人間に有益な善狐と、逆に有害な悪狐が存在する。

だがA級三位の豊川のような存在の功績が、九尾の狐のような悪行を総合的に大きく上回った。

その結果として、妖狐は人間に有益だと見なされている。

直近の虎狼狸退治を見ても、それは大抵の人にとって明らかだ。

そのため妖狐は、親が戸籍を持っていれば、子も戸籍を与えられる程度には市民権を得ている。

そして申請と保証人さえ居れば、戸籍のない妖狐にも戸籍は与えられる。

香苗が明かした正体は、世間的には「祖母が外国人です」と話す程度の驚きでしかなかった。

確かに珍しいが、世の中に存在しないわけではないし、法的な問題も無い。

——狐の交流、活発だからな。

協会の会長から、虎狼狸退治後の打ち上げ話を聞かされていた一樹は、狐が混ざっていることに理解を示した。

「もう世間に公表されたが、俺は蒼依や沙羅と一緒に、気狐の豊川様と妖怪の調伏を行ってきた。豊川様には良くして頂いたし、安倍晴明の母親も狐だし、陰陽師にとっては何も問題ないな」

一樹の断言に続いて、蒼依と沙羅も頷いて同意を示す。

すると香苗は安堵の表情を浮かべた後、ルーツを持ち出した理由を告げた。

「つまり、一〇〇パーセントの人間ではないあたしには、存在を認められたいという承認欲求があります。協力して頂けるのでしたら、良いですよ」

――歌や音楽の動画投稿で視聴者から褒められれば、承認欲求を満たせると言うことか。

香苗の事情を理解した一樹は、改めて約束した。

「陰陽師で歌い手や弾き手なのは、面白そうだ。視聴者も好きそうだし」

香苗の意思を確認した一樹は、受験の準備に関して付け加える。

「それで受験だけど、E級上位の呪力で、術が甘い現状だと、E級とD級を選り分ける三次試験では勝てない。だから、式神を使役してもらいたいんだ」

陰陽師国家試験では、二次試験に合格した中から上位一〇〇名が、D級とE級とを選別する三次試験に進む。

香苗はE級上位の呪力を持ち、守護護符に特化して練習したために、上位一〇〇名に入れる。

ほかの受験生達が一〇年の修行を続けてきた中、本来は僅か二ヵ月で追い着けるはずもないが、香苗の場合は妖狐のクォーターで元から呪力が高い。

だが実戦形式の対戦になれば、流石に地力の差が出るので、敗退は必至だ。

実力で負けたなら、それは仕方がない話だ。

調伏の場に出て妖怪に負ければ、死んでしまう。

受験生同士の対戦で負けるのは、現場に出て一度死ぬようなものなので、死んだと思って下積みからやれと言うのは、安全に配慮した差配だ。

それでも一樹は同好会に誘った側であり、自分の名前で送り出すこともあって、何の対策もせずに送り出して安易に負けられるようなことは出来ない。

そのため、香苗の呪力を使って戦ってくれる式神を使役させようと考えた。

「式神ですか？」

寝耳に水の香苗は驚いて、蒼依や沙羅にも視線を向けた。

だが式神に関しては、術を教えている一樹の独断だ。蒼依と沙羅も、身振り手振りで知らないと主張した。

「使役して貰いたいのは、雪女だ」

夏に行われる試験で一樹が選んだのは、よりにもよって冬の妖怪だった。

◇◇◇◇◇

「夏の雪女は、弱っている。だから使役し易い……って、言っていましたよね」

「確かに言ったし、紛れもない事実だ。しかも夏に探せば、大抵は万年雪がある場所に居るから、見つけ易い。それが、この白馬大雪渓だ」

香苗から軽い抗議を受けた一樹は、堂々と言い返した。

一樹と香苗、それに蒼依と沙羅が赴いたのは、長野県の北安曇郡《きたあづみぐん》にある白馬大雪渓だった。

一行が探している雪女は、知名度の高い妖怪だ。

生息範囲は、日本海側の中部以北、東北、北海道などの積雪地帯だと知られる。

京都に現れた記録などもあるが、現れるのと、住んでいるのとは異なる。

雪女の伝承は数多あり、雪のある場所では強く、夏は放置しているだけで死にかねない。

人間が呪力を与えるのでなければ、雪の降る場所にしか居られない。

そのため活動範囲が狭まる夏に、万年雪が残る僻地に赴けば、狭い範囲に追い立てられた雪女に出会える。

「夏に雪女を探しに行くのって、おかしくないですか」

「素人ならそう思うが、プロは夏に探す」

またもや一樹は、堂々と宣った。


時期は、六月に入ったところ。

それでも大雪渓の最深部には、全長三キロメートル、幅六〇〇メートルに渡って、一年中融けない万年雪が積もっている。

万年雪に近い人里では、行方不明者も定期的に出ている。

そのため白馬大雪渓は、昔から雪女の生息地域だと知られていた。

電車で白馬村まで来た一樹達は、可能な限りタクシーを使い、その後は徒歩で登山してきた。

途中から登山道は、でこぼことした大きな石の道に変わり、登山靴の必要性を痛感させられた。

道があって、藪が生い茂っておらず、季節が夏であっただけマシだろう。

「使役し易いのは間違いない」

「そこまでの道が、険しいと思いますけれど」

奮い立たせようとする一樹に対して、香苗は苦言を呈した。

香苗が狐のクォーターではなく、普通の女子高生であったなら、文句を言う気力も湧かなかったに違いない。

「はぁ……蒼依と沙羅は、元気ですね」

香苗に話を振られた蒼依と沙羅は、顔を見合わせてから返答した。

「わたしは住んでいる家が、山奥なので」

「私の実家も山奥ですし、五鬼童ですから」

国外には、険しい山道を数時間掛けて通学している小学生も居る。子供でも、慣れれば出来るようになるので、蒼依に慣れていると言われれば納得するしかない。

そして五鬼童家は、鬼神と大天狗の子孫である。呪力の高い配偶者を迎え、力が落ちないように修験道を極めているので、一族の直系はC級とされる並の天狗よりも強い。

二〇歳になるまでには、B級とされる大鬼の下位くらいの力は得られる。

ちなみに一樹は、呪力で身体を強化しながら登っている。

「もっと近場には、居なかったのですか」

「近場に居たら、そこに行くに決まっているだろう。ここが一番、確実だったんだ」

雪女が調伏されていないのは、生息地域が人外の領域で、純血の雪女が雪の精でもあるからだ。

常に肉体を持って活動しているのではなく、精霊寄りで、顕現することも出来る。

肉体を持たない精霊を絶滅させるのは、不可能だ。

それに雪女は、人と子を為すこともある。

人間と子孫を残せる相手は、生物学的には有益だ。ほかに調伏を優先すべき妖怪は山のように居るため、多少の被害が出ても、本格的には調伏されないまま現代に至る。

なお被害を出す雪女は戸籍は持たないため、陰陽師や見習いが使役するのは、自由である。


「雪女って、夏には役に立つのですか」

雪女は、冬だけ強くて、ほかの季節では弱いために、あまり使役には向かない。

活動できる範囲も北側に偏るために、北海道の陰陽師でもなければ、使役しようとは思わない。

冬にしか顕現させなければ、消費を抑えられる。だが顕現させないのならば、いつでも使える犬や、鳥の式神を使役するほうが良いだろう。

それでも一樹には、目算があった。

「充分な呪力があれば、式神の雪女は冬のように戦える」

今の香苗は、首から勾玉のネックレスをぶら下げている。

その勾玉は、槐の邪神を調伏した際に入手した翡翠製七個、滑石製三個のうち、一樹が使えないと判断した滑石製の一個だった。


翡翠製は少しずつ効力が落ちていくので、いつ使えなくなるのか予想できる。

だが滑石製は、突然効力が落ちて使えなくなるために、予想が出来ない。

そのため滑石製は、命を掛ける戦闘では安心して使えない。

溜め込める呪力もC級程度で、一樹の呪力から見れば一〇〇〇分の一程度の誤差に過ぎない。

だから一樹は、使えないと判断した三個のうち一個を香苗に使わせることにした。

「C級の呪力を使えれば、三次試験に勝ってD級になるくらい容易いだろう」

同じく試験を受ける柚葉に関しては、一樹は特に何も対策していない。

――柚葉は、そのままでもD級に受かるからな。

元々D級上位の力があり、母親の蛇神が龍神に昇神した戦いの場にも居たので、現在はC級下位に上がっている。

香苗とは異なり、柚葉には術の下地があった上に、龍神の加護まである。

守護護符に龍神の加護を籠めれば、人間が術を籠めるよりも直接的かつ強靱な守りが発動できるので、好成績になるのも疑いない。

ほかの受験生次第だが、昨年であれば柚葉は、二次試験で四位に入っている。

すると対戦相手は下位の九六位なので、余程のヘマをしない限り勝てるはずだ。

――あいつ、ヘマするんじゃないか。

今一つ、柚葉を信用できない一樹だったが、試験で負けたところで死にはしない。

柚葉が負けたら下積みからさせれば良いと割り切った一樹は、香苗の式神獲得に集中した。

「それでは雪女を引っ張り出す。使役の準備をしてくれ」

宣言した一樹は、蘆屋道満からきた横五本縦四本の呪術図形・ドーマンを万年雪に刻んだ。

ドーマンは九本の棒で構成されており、九字を表す。元が中国の『抱朴子』に載る九字に由来しており、九星九宮を表して、術を強化する印として使える。

雪女は、冬で女のため、陰中の陰で水に属する。

五行相克図では、土剋水といって、水に勝つのが土だ。

また五行相生図では、水生木で水は木を生む。

流れとしては、雪女という水を土で堰き止め、木に誘導する陣を作れば良い。

一樹は土で囲い、木に引き寄せる陣を雪上に描いた。そして香苗の準備が整うのを待ってから雪上に呪力を流した。

『臨兵闘者皆陣列前行。天地間在りて、万物陰陽を形成す。水行の化身たる雪女に命ず。陰陽の理に基づき、木行の流れに従いて正体を現せ。急急如律令』

一樹の呪力が、陰陽師や鋭い人外には分かる程度の微かな光を放ちながら、波紋を広げるように万年雪の表面を走り抜けていった。

すると雪上に淡い光の塊が浮かび上がり、流れるように寄ってきて、一樹達の目前で粉雪を舞わせて吹き上がった。

粉雪が舞い上がった中から現れたのは、白い着物を着た青白い髪の少女だった。

年齢は香苗より年下で、中学生くらいに見えた。

——若いな。

元々が雪の精である雪女は、気を得る目的で人化するために、人間に似通った姿をする。

人を魅了して気を吸う年齢としては、中学生は最年少だろう。

現れた雪女は、未熟とまでは言えないが、独り立ちして間もない妖怪に思われた。

青白い髪をした雪女は、一樹達を一瞥してから告げた。

「奥さん、居すぎじゃない」

「はぁっ⁉」

第一声で機先《きせん》を制された一樹は、呆気にとられた声を上げた。

「沙羅と香苗は、奥さんじゃありません！」

「この雪女、良い子ですね」

唖然とした一樹が絶句する中、蒼依が一樹の主張を代弁し、沙羅は雪女を庇う素振りを見せた。

なお香苗は、首を横に振って否定する。

すると一行の様子を見た雪女は、関係性を訂正した。

「奥さんが一人、仲間が一人、よく分からないのが一人でいいのかしら」

一樹が言い返す前に、今度は蒼依が雪女を褒めた。

「この子は、とても良い子ですね」

他方、沙羅は無言で雪女を見詰めて、雪女を後退りさせた。

そして「よく分からない」と称された香苗は、不満そうな表情を浮かべた。

——俺達は、一体何をしに来たんだ。

我に返った一樹は、場の空気を支配していた雪女に対して、早々に用件を突き付けた。


「手っ取り早く言う。式神として使役しに来た。お前は万年雪の範囲しか移動できなくて、そこには誘導の陣を敷いたから、もう逃げられない」

煌めく万年雪に目配せした一樹は、得られる物を提示した。

「使役する対価は、人間の気を吸うよりも遥かに多い呪力。働いた期間だけ、お前は強くなれる。自然の掟に従って、強い者に従え。異論はあるか」

式神使いと式神の関係は、雇用者と労働者だ。

式神使いが呪力を与え、式神は呪力を得て強くなる。

その分かり易い例が水仙で、元々はC級上位だった力が、現在はB級中位になっている。そして使役され続ければA級まで至り、受肉して肉体を復活させ、望む活動をするだろう。

自然界で強いことは、圧倒的なアドバンテージを有する。

A級に至れば、水仙を害せる存在は滅多におらず、水仙は好きに暮らして、気が向けば子孫でも残して生命を全うするだろう。

そのために水仙は納得して、一樹に使役されている。

それと同様のことが、雪女にも成立する。

雪山で暮らす雪女は、未だ弱くて人の気を必要とするが、使役されれば一般人から得るのとは比べものにならないほどに沢山の呪力を得られる。

多少不便になったとしても、その不便さに見合う対価を得られるのだ。


一樹から端的に告げられた雪女は、一樹を頭のてっぺんから爪先まで観察してから答えた。

「無いわ。待遇が良いと、頑張るわよ」

あまりにも呆気なく応じた雪女だったが、それは彼女の頭が良いからだろうと一樹は想像した。

仮に抵抗したところで、莫大な呪力と隙のない術で万年雪の中から引っ張り出した一樹からは、どうやっても逃れられない。

逆らったところで無駄であるし、使役者からの印象と扱いが悪くなる。

それならば交渉で応じた体を保ちつつ、より良い待遇を求めるのが最適解だ。

それを一樹が理解していることも察したうえで、頭が良くて有益な式神だとアピールする意図もあるのだろう。

賢い方が信頼できるし、惜しいので捨て駒にもし難くなる。

「賢い雪女だ。だが、すまないな。お前を使役する術者は、俺ではない」

一樹が硬い表情で告げると、雪女の顔が強張った。

そして蒼依、沙羅、香苗の三者を順に眺める。


蒼依は、女神イザナミの分体にして山の女神だ。

神気を纏い、龍神の加護も得て、上位の大鬼に匹敵する力を持つ。神気の波動を感じた雪女は、生唾を飲み込んで小さく頷いた。

沙羅は、鬼神と大天狗の血を引く陰陽師だ。

一樹が注いだ神気の欠片と、龍神の加護を得ており、力は大鬼に比肩している。明らかに格上の沙羅に対して、雪女は納得の表情を示した。

香苗は、妖狐のクォーターだ。

E級上位の力は有るが、E級は下位の中鬼よりも弱い。雪女は口元を固く結んだ。

「諦めろ」

「やだぁ」

賢い女をアピールしていた雪女は、女子中学生の外見に相応しく、涙目で訴えた。

「斯様《かよう》なことでございます」

◇◇◇◇◇◇

六月最初の土曜日。

一樹は香苗と、雪菜と名付けられた雪女を連れて、豊川稲荷を訪ねた。

元々はA級三位の豊川に、香苗の使役後も不承不承な雪女について相談したのが始まりだ。

槐の邪神退治の折、管玉と勾玉の分配で若干得をしたと感じた豊川は、一樹に対して「困ったことがあれば内容次第では相談に応じる」旨を告げた。

その後、豊川が虎狼狸退治を一人で請け負ったので、清算されているかもしれない。

だが香苗は、人間社会に溶け込む妖狐のクォーターだ。

妖狐の問題であれば、豊川に頼っても良いのではないかと考えた一樹は、明確に区切りを付けるためにも相談を持ち掛けた。

すると二人を豊川稲荷に連れてくるように指示されて、いざ訪ねてみれば千人が入れる大座敷に通されて、なぜか白面の三尾が同席する中で、事情を説明させられた。

「そちらのお嬢さんを受験させるにあたり、夏で弱った雪女を使役し、呪力不足を滑石製の勾玉で補おうとした。だが雪女は、名付け後も不承不承。従わせるために、手っ取り早くお嬢さんを強化する方法は無いか、という話だね」

説明を聞いた白面の三尾は、手にしたキセルからタバコではない何かの煙を立ち上らせながら、一樹が持ち込んだ話の内容を纏めた。

「そのとおりでございます」

Ｅ級上位の呪力しか持たない香苗であるが、滑石製の勾玉に籠められる呪力はＣ級だ。

対する雪菜は、本来はＣ級中位の力を持っていたが、夏に入りかけた六月で弱っていた。

そのため術で使役することは出来たが、雪菜は使役者の能力に不満を持っている。

このようなことを素人が行えば、とても危険だ。

冬になって雪女である雪菜の力が増し、滑石製の勾玉が突然効力を失って、雪菜が不満を持ち続けていた場合は、使役者が意図的に衰弱死させられることも有り得る。

だが一樹は、様々な対応が可能なＡ級陰陽師だ。

代わりに呪力を供給するなり、別の勾玉を用意するなり、契約を解除させるなり出来る。

一樹が落命しても、雪菜の件は同好会で共有しており、対応できる人間はほかにも居る。

故に逃れられないと理解した雪菜は、せめて香苗の力量を改善しろと態度で示したのだ。

良房の確認に対して、同行した香苗と、顕現している雪菜は大人しく頷いた。

雪菜は不承不承だが、目の前に居る白面の三尾が、遙か高みの存在であると理解できるらしい。

借りてきた猫のように息を潜めながら、ジッと周囲の様子を窺っていた。

一方で香苗は、ムッとしている。

雪菜が蒼依や沙羅と比較したうえで、香苗を涙目で嫌がった件に、思うところがあったのだ。

一樹に対して「承認欲求が強い」と自称した香苗は、雪菜を従わせるべく努力の意志を示した。

「御礼の品と致しまして、泰山府君の秘符と鎮札を一〇枚ずつ。また紙の人形の撫物一〇体の奉納を考えております。私は、昨年の試験で作成した泰山府君の霊符で、神気も発現させました。こちら、見本としてお納めください」

対外的に香苗は、一樹が術を教えている弟子だ。

師匠である一樹は、弟子の問題で他所に貸し借りを作らないために、御礼を用意してきた。

「ふむ」

差し出された霊符を受け取った白面の三尾は、霊符を鑑定し始めた。


一樹が名を挙げた泰山府君とは、陰陽道の主神、冥府の神、人間の生死を司る神である。

中国は五岳の一つ、東岳（泰山）に下り神となった輔星《ほせい》の精で、泰山を神格化した東岳大帝だ。

玉皇上帝（中国道教における最高神）の孫にして、人間の賞罰や生命の長短を司り、現世と来世を管理し、現世で犯した罪を上帝に報告している。

安倍晴明も、泰山府君が陰陽道の最高神霊だとしており、『今昔物語集』の巻十九には、晴明が泰山府君の祭祀を修した話も載っている。

——冥府の神、人間の生死を司る神。

泰山府君は、天台宗においては、閻魔大王だとされる。

それは天台の守護神として勧請した赤山の神が泰山府君であり、地蔵菩薩だと記されるからだ。

『源平盛衰記』（鎌倉時代）の赤山明神の記述には、次のように記される。

『本地は地蔵菩薩ナリ。太山府君トゾ申ス』

一樹にとっては、たいへん遺憾ながら、閻魔大王は陰陽道の主神だ。

そして一樹は、安倍晴明も保証した『陰陽道の最高神霊』とやらの神気を持っている。


泰山府君の神気を籠めた霊物を使えば、祭祀の効果は絶大になる。

泰山府君祭では、延命や病気の快癒が成った実績がある。また『御伽草子』によれば、玉藻前に化けた金毛九尾の正体を暴くために行われたのも泰山府君祭だ。

そもそも泰山府君……すなわち東岳大帝は、狐達に試験を課す女神・碧霞元君の父親だ。神格は東岳大帝が上で、相手が狐達であればこそ、泰山府君の霊物は強い交渉材料になる。

「君が述べたとおりの品だが、すると君は、なかなか非常識だね」

やがて霊符を見定めた白面の三尾は、呆れた声を上げた。

「恐れ入ります」

平然と返した一樹は、自身の体験から、閻魔大王を立派な神だとは思っていない。

便利に使えるのなら、使ってやろうという感覚である。

「よろしい。君が師匠として、弟子を短期間で強化したくて我らを頼ったのならば、奉納品に見合う協力を行おうではないか。お嬢さんの地力を高めれば良いだけだから、この問題は簡単だ」

なんと白面の三尾は、豊川に確認すら行わずに、一樹への協力を決めた。

それで良いのかと一樹が豊川に目線を向ければ、豊川は黙々と受け入れている様子だった。

――どういう関係なんだ。

豊川と白面の三尾の関係について、一樹は想像を巡らせた。

虎狼狸退治では、豊川が呼び出した白面の三尾に対して「良房様」と様付けで呼び、白面の三尾は「りん君」と呼んでいた。

白面の三尾は「もう実力で抜かれてしまったかな」とも語っており、かつて白面の三尾は、豊川の上位者であったと考えられる。

さらに白面の三尾は、自分と一緒に呼び出された残り九九九体の狐の霊魂を指揮した。

九九九体は、いずれも付喪神になった地狐以上の存在で、狐達の小集団では長老格だ。

したがって、白面の三尾は、狐の中でも相当の上位者だろう。

――狐の世界は、よく分からないな。

狐のコミュニティは、日本各地に根付いている。

中心となるのは稲荷神を主祭神として祀る稲荷神社で、四国を除く全国に数千も存在する。

稲荷神は、稲を象徴する穀霊神・農耕神であり、稲荷神の使いが狐だとされる。

なぜ稲荷神が狐を優遇したのかと言えば、古来より稲を食い荒らすのがネズミで、そのネズミを食べてくれるのが狐だったから……ではないかと考えられている。

稲が育ってネズミが増える時期、狐も増えて、ネズミを食べてくれた。

冬になって餌の少ない時期にまでネズミを追い回してくれる狐は、さぞや頼もしかっただろう。

そんな各地の稲荷神社が、現在は狐のコミュニティと化している。

戸籍を持つ地域の妖狐や、血が濃くて本人が望んだ人間が属しているのだ。

所属する者達の総数は非公開だが、数十万人に上るだろうと予想されている。

人間に陰陽師が僅かなように、狐も仙術を使えるレベルに至る術者は少数だが、一大勢力だ。

人間が優れた武器を持たず弱かった時代には、妖怪に滅ぼされないために、狐との共存が不可避だったかもしれない。


豊川稲荷は、日本三大稲荷の一つに数えられる。

日本三大稲荷には、伏見稲荷（京都）、豊川稲荷（愛知）、最上稲荷（岡山）、祐徳稲荷（佐賀）、笠間稲荷（茨城）、草戸稲荷（広島）、竹駒神社（宮城）、千代保稲荷（岐阜）などが挙げられる。

三大稲荷としながらも多数の候補が挙がるのは、農耕民族の日本人に稲作文化が根付いており、それくらい各地の稲荷信仰が大きいからだ。

清少納言が枕草子に稲荷詣を記した伏見稲荷は、三大稲荷で揺るぎない。

ほかはドングリの背比べで横並びになるくらいには、狐のコミュニティは広い。

ただし豊川稲荷は、A級三位の豊川りんが、自らを豊川稲荷の所属だと宣言して活躍し続けて、人間からも支持されて豊川稲荷の敷地や設備も拡大を続けたために、三大稲荷の一つと認識されるに至っている。

――白面の三尾は、豊川稲荷のコミュニティの中心人物だと考えるのが妥当か。

強者の発言力が大きくなるのは、古今東西変わらない。

四尾になると、大半が天狐として天に仕えてしまうために、地上では三尾が最強だ。

白面の三尾は、妖狐の中で最強の一狐なのだろう。

一樹が想像する間、依頼を引き受けた白面の三尾は、香苗に特技を尋ねていた。

「お嬢さんは、能楽や狂言、舞など、何らかの芸能事は出来るかな」

「ギターの弾き語りでしたら、出来ますけれど」

何を目的として問われたのか分からなかった香苗は、恐る恐る答えた。

「結構。芸能は、鎮魂の儀である。天照大神が天の岩戸に隠れた際、天鈿女命が神懸かりとなって踊り、天照大神を引き出したのが始まりだ。古代中国の『禹歩の法』や、それを源流とする日本の反閇《へんばい》など、芸能事は呪術的な意味を持つ」

呆気に取られた香苗に対して、良房は説明を易しくした。

「足を上げて下ろす相撲の四股も、反閇の延長なのだよ」

「相撲の四股も、呪術なのですか」

「如何にも」

驚きを示した香苗に対して、白面の三尾は、断言しながら頷いた。

狂言や猿楽の元となった田楽は、穀物の豊穣祈願のための祭祀だった。

舞踊は、自らが形代となって行う鎮魂の儀式だった。

すなわち芸能とは、自らが形代となって行う呪術的な儀式が源流で間違いない。

「お嬢さんが、豊川稲荷で狐の霊魂を慰撫するならば、我らが力の一部を与えよう。賀茂氏からの奉納品は、与えるよりも遥かに多い故、自重は不要だな」

白面の三尾が宣うと、黙って聞いていた豊川が、最後の一言に小さな溜息を吐いた。

◇◇◇◇◇

「急速に力を付けても、使い方は直ぐに慣れます」

方針を定めてから一週間後。

一樹が奉納品を揃え、香苗はギターを持参して、再び豊川稲荷を訪れた。

すると奉納品を確認した白面の三尾は、ギターを携えた香苗を霊狐塚に連れて行った。

五脚の折り畳み椅子を持った一樹が後を追う。

演奏する香苗、聴く側である白面の三尾、さらに豊川、一樹、雪菜の椅子を並べる。

そして豊川を中央として、左右に一樹と雪菜が並んで座ったところ、一樹は豊川から力を与えることの解釈を語られた。

おそらくは、雪菜にも聞かせているのだろう。

「豊川様が、白面の方をお止めになられなかったのは、そのようなお考えからだったのですね」

一樹が尋ねると、豊川は小さく頷いて肯定した。

「運転免許を持つ人間は、車という大きな金属の塊を、高速で動かします。あれは人の筋力や脚力では不可能ですが、短い講習で、簡単に免許を取れるでしょう。同じことです」

車と免許証を例え話に出された一樹は、理解を示した。

運転免許証は、最短では半月の講習で、殆どの国民が得ることが出来る。

そして巨大な金属の塊を、時速一〇〇キロ以上の速度で動かせる。

自身の肉体で為すのは不可能だが、多くの人が短期間の講習で普通に運転している。

もちろん大小の事故も発生するが、日本全体では事故によるデメリットよりも、物流がもたらすメリットのほうが大きいと判断されて活用され続けている。

陰陽師の呪力向上も、運転免許証と同じ考え方が出来るらしい。

急速に呪力を上げれば事故も起きるが、術者が妖怪に殺されず、逆に妖怪を調伏できる恩恵のほうが大きいと判断されたのだ。


——陰陽師協会の第三席にある豊川様は、大局的に物事を見たわけだな。

機械には疎く、古民家の囲炉裏でイワナを炙っているような気狐だが、陰陽師としての視野は、数百年単位の国家規模に及んでいるらしい。

「祈理は、狐の半々妖ですが、式神である雪女に呪力を送って戦わせる形になります。ガソリンスタンドで給油するのが祈理で、車を走らせるのが雪女なので、事故も起こりません」

豊川は隣に座る雪菜に対して、言外に「事故を起こすな」と言い聞かせているようだった。

雪女はC級妖怪なので、気の供給さえあれば、C級妖怪として動ける。

もちろん車ならぬ雪女の機能や性能は、運転手である香苗が熟知しておいたほうが良い。

だが、詳しく分かっていなくても、動かすだけならば出来る。自分で動かすのは未だ危ういが、使役済みの式神に燃料を与えて、動くように指示するだけならば、さほど難しくない。

知識や慣れに関しては、いずれ時間が解決する。


霊狐塚に並ぶ石像を見渡しながら、豊川は語り始めた。

「この霊狐塚に宿るのは、戦いで死んだ狐達の魂です」

驚きに目を見張る一樹に対して豊川は、すました表情で頷いた。

「元の所属は、豊川稲荷に限りません。ここは戦い果て、なお未練を残す狐達の辿り着く所です」

戦い果てたとの話は、一樹にとって聞き流せる内容では無かった。

なぜなら豊川が喚び出した一〇〇〇体の狐達は、いずれも一〇〇歳を超える地狐や気狐だった。

その中には、二尾の姿も少なからずあった。

狐達は、一体何と戦っているのか。

そのように視線で問い掛ける一樹に対して、豊川は明確には答えなかった。

「新たな狐の霊魂を受け入れる必要もありますので、満足した狐は、次の狐と入れ替わるために成仏します。今日の祈理が受け取るのは、成仏する何体かの狐達が託す、霊魂の欠片です」

「祈理は、地狐や気狐の霊魂の欠片を受け取れるのでしょうか」

E級上位でしかない香苗は、それほど莫大な呪力を受け取れるのか。

その様に不安視した一樹に対して、豊川は首を縦に振って保証した。

「最初は十全に使えないだけで、受け取れます。扱いに慣れれば、気狐にも辿り着けるでしょう。それでも九〇〇年という天寿の壁を越えて、仙狐に至るのは、困難でしょうが」

術を使える妖狐には、九〇〇年の寿命があるとされる。

気狐達の大半は二尾に至れるが、九〇〇年で寿命が尽きてしまう。

寿命の壁を突破出来る方法が、一定以上の仙術や力の会得だ。二尾の壁を超えて三尾に至れば、一〇〇〇年以上を生きられるようになる。

一〇〇〇歳になれば仙狐と呼ばれ、四尾になれば天に仕える天狐にも成れる。

——日本に居る三尾は、数体くらいかな。

A級三位の豊川と同レベルの狐が、そう何体も居るはずがない。

だが日本三大稲荷の候補に挙げられるような巨大コミュニティであれば、そのうちいくつかには、居ないこともないかもしれない。

「今回の祈理は、三尾に至りたいわけではないので問題ございません。呪力を蓄えて、しっかりと雪菜を使役したいのです」

「でしたら問題ないでしょう。歌唱奉納の質次第ですが、そもそも入れ替わりを考えていた霊狐は居ますので、C級の呪力は得られます」

一樹と豊川は、共に雪菜へと視線を送った。

すると雪菜は、不満げに視線を逸らしながら答えた。

「自力で使役するなんて、当たり前の条件。あたしは悪くない」

雪菜の言い分に、一樹と豊川は理解を示した。

もちろん妖怪は調伏出来るか否かであり、式神は使役出来るか否だ。

だが香苗から呪力を得る雪菜にとって、香苗の呪力は死活問題である。

香苗の呪力こそが、雪菜が妖怪として強くなれる成長幅だ。カツカツの供給では、雪菜は呪力を蓄えて成長していけない。

雪菜の主張を否定せず、一樹達は香苗のほうを見た。


狐の霊魂達に囲まれた香苗は、ギターの弦を何度か弾く。

ギターを触り続けることで緊張が解れてきたのか、やがて滑らかにギターを掻き鳴らしながら、幅広い曲を伸びやかに歌い始めた。

こんにちはの意味を込めた挨拶の歌から始まり、新しい物語を始めようという歌、晴れ渡る世界の歌、日向を歩いて行く歌と、歌で物語を作っていく。歌詞で泣いているという単語が出た時には、声を震わせて、本当に泣きそうな声を出しながら感情を込める。

さらに曲の合間には、ありがとう、嬉しいな、幸せだよ……と、聴衆者の狐達に語り掛ける。

香苗の声質は高くて、雰囲気は柔らかく、笑い声はクスクスと小さくて、格好良く歌う大人の女性というより、可愛い女の子が一生懸命に歌う印象を与える。

自分で自在にギターを弾けるからか、音と歌のタイミングは完璧に合っており、息遣いが非常に巧く、歌声は伸びやかだった。

「彼女は、歌手ですか」

豊川に尋ねられた一樹自身も、初めて聞く香苗の歌に驚いていた。

人気の芸能人が歌うのではなく、テレビに顔出しをしない本物の歌手が歌うように香苗は上手かった。容姿、性別、年齢などとは無関係に、それくらい弾き語りが上手いのだ。

空き缶やギターケースを路上に置いて歌っていたら、タダで聴いているのが申し訳なくて、お金を入れるかもしれない。

生憎と現代では、路上ライブの類は基本的に行えないが。

路上ライブを行うためには、何日も前から警察署に道路使用許可申請書を提出して、手数料として収入証紙で数千円も納める必要がある。

しかも警察が許可を出すとは限らず、不許可でも手数料は返って来ない。明らかに赤字になるので、申請できないのだ。


そうやって実質的に禁止すれば、新たな方法が生み出される。

警察署の許可が不要な動画投稿サイトで生配信するのが、現代における路上ライブの代替えだ。

香苗の場合は金銭ではなく、承認欲求であるらしいが、一樹は協力しようとスマホのカメラを香苗に向けて撮影を始めた。

「賀茂、何を撮っているのですか」

「祈理の弾き語りです。本人が望んでおりますので」

「そうですか」

香苗も動画チャンネルを作れば良いと一樹は思った。

テレビに出る芸能人やアーティストの事務所には、ファンからの手紙やプレゼントが届く。それはテレビが普及した昭和時代からの文化であり、現代のネット配信者にも受け継がれている。

ネット配信者に対しては、芸能人やアーティストと同様のプレゼントが届く。

そのほか、配信者自身が公開するネット通販サイトの『欲しい物リスト』や、ファンが冗談交じりで月の土地の権利書、シーランド公国の爵位などを買って送ったりもする。

宣伝が上手くいって軌道に乗れば、香苗は配信者としてやっていけるだろう。

そして陰陽師としても、成功しそうだった。

狐達の霊魂から分かれた欠片が、香苗の身体に吸い込まれるように入っていく。

それらは合わせて五つで、それぞれ青、赤、黄、白、黒の五色に輝いていた。

「まさか五行で、バランスを保つように調和させたのですか」

自身よりも強い魂が一つ入ってくれれば、それに影響されて、引き摺られるかもしれない。

だが五つの異なる属性を持った魂が入ってきて、五行の相生と相剋に基づいて力を貸すのであれば、打ち消し合って調和が保たれる。

いずれか一つに、意識が引き摺られたりはしない。

狐達の継承が五行の法則に則っていると一樹が理解したのに合わせて、豊川は告げた。

「彼女の歌唱奉納は、多くの霊狐を満足させました」

同感だった一樹は、一つ頷いた。

香苗の歌には、心に訴えかける純粋な感情が乗っていた。

「多くの狐たちが、魂を継承させることを望みました。五行五枠の取り合いになり、質は予想以上に高まりました。今の祈理はC級中位ほどですが、潜在力と可能性は、いずれ三尾にも届きます」

状況が分かっているのか居ないのか、香苗は感謝の気持ちを伝える歌を歌っていた。

◇◇◇◇◇

「呪力の上昇速度が、おかしいだろう」

歌唱奉納を行った翌週の土曜日。

柚葉と香苗が八咫烏達と訓練するために、陰陽同好会は蒼依の家に集まっていた。

そこで日本家屋の縁側に座り、訓練を見ていた小太郎が、隣に座る一樹にそう述べた。

E級上位だった香苗はC級中位に跳ね上がり、山に向かって狐火を放っている。その隣では雪菜も氷の矢を放ち、五羽の八咫烏が五行の術で迎撃していた。

柚葉もC級下位の力で、水弾や炎弾を放っている。

元はD級上位だった柚葉は、蛇神から龍神に昇神した母親の眷属であったために、現場に居合わせて力が流れてきた。その後に一樹の管理下へと移されたので、力だけ貰い得している。

――柚葉って、運だけは極端に良いんだよなぁ。

ムカデ神との戦いでは上手く逃げ果せ、陰陽師を連れ帰れば一樹を引き当てた。

そして戦いには直接参加していないが、姉妹達よりも多くのものを得ている。

ほかの姉妹達は、中禅寺湖の周辺に潜伏するムカデ神の眷属を掃討している。だが柚葉は、高校生活を謳歌しつつ、陰陽師の国家試験に臨むところだ。


そんな二人を見て、小太郎は思うところがあったのだろう。

ちなみに沙羅は安全のために傍で立ち会っているが、そちらに関しては小太郎も何も言わない。

単に短期間で極端な上昇を遂げた件について、私見を述べていた。

「とりあえず柚葉は、蛇が脱皮した感覚で良いとして」

一段階の上昇をした柚葉の件を適当に流した一樹は、香苗に関して評した。

「人間も死の縁に立って生還すれば、呪力が大きく上昇する。そして狐にも、狐のやり方がある。花咲家も、式神を継承すればD級からA級並に上がるのだろう。色んなやり方が、あるだけだ」

花咲家には犬神が居ると指摘された小太郎は、渋々ながら受け入れざるを得なかった。

呪力の高さは、血統と環境要因に強く影響される。

誰もが同じスタートラインに立ち、努力で決着する平等な競争……ではないのだ。

A級陰陽師を出しており、莫大な財産も持つ花咲家は、世間的には相当に恵まれた立場にある。

花咲家に生まれて恩恵も享受している以上、他家にも同様の恩恵があったとしても、小太郎は不当だと言える立場ではない。

「見苦しい嫉妬を見せたな」

「いや、常識的な反応だろう。一〇年間も一生懸命に歩き続けた隣を、車で颯爽と追い抜かれたら、『待てよ』と思うだろうさ」

詫びの言葉を口にした小太郎に対して、一樹は構わないと答えた。

そのタイミングで蒼依が、台所からお茶と茶請けを持ってきた。それを一樹と小太郎が座る縁側の間にお盆ごと置くと、自分の分を取って、小太郎と反対側の一樹の隣に座る。

「朱雀達も、強くなりましたね」

香苗達と柚葉の術を弾いて飛び回る朱雀達を眺めた蒼依は、感慨深げに述べた。

木行の青龍、火行の朱雀、金行の白虎、水行の玄武、土行の黄竜は、各々が得意とする五行の術を洗練させて、鮮やかに放てるように成長した。

柚葉や香苗が空に向かって放つ術は、立体的な空間で当て難い。それにも関わらず、完全に打ち上がる前に、同規模の術で素早く撃ち落としている。

術の発動や射出速度が速く、狙いが正確で、無駄なエネルギーが無い。

職人芸、あるいは迎撃ミサイルのように、八咫烏達は相川家の上空を支配していた。

「一年前は、まだ羽ばたきの練習をしていた頃だったかな」

成鳥になった後、呪力自体はあまり上がっていないが、術の精度は成長を続けている。

一年前を懐古した一樹も、ヒナだった頃の八咫烏を懐かしそうに振り返った。

五月の下旬に生まれたヒナ達は、一ヵ月ほどで飛べるようになり、八月の国家試験では沙羅と紫苑を相手に立ち回った。

その頃に相川家の納屋へと巣立ちをして、鉄鼠や絡新婦との戦いを経て、最近はムカデ神との戦いでB級下位に成長した。

――自然界の八咫烏って、どれくらい強いんだろうな。

地上の八咫烏達の大元になったのは、高御産巣日神《たかみむすびのかみ》ないし天照大神が直接使わした八咫烏だ。

その個体は神武天皇を導く神鳥として、相当の強さを持っていただろう。

案内の道中で妖怪に捕まえられて喰われては、話にならない。

立ち塞がる全てを蹴散らせる程度の力はあったはずだ。

創造神、ないし高天原の主神が使わした神鳥に比べれば未だ弱いだろうが、一樹が持つ泰山府君の神気で育てられた八咫烏達も、一角の力は得ている。

八咫烏達と、自然界の八咫烏達とでは、相当の力の差があるはずだ。

さもなくば、自然界における食物連鎖の頂点が、カラスになってしまう。

一樹は八咫烏達を眺めながら、小太郎に語った。

「今回の二次試験では、柚葉には龍神の護符を描いて貰うが、香苗さんには八咫烏を描いて貰うつもりだ。イメージし易くするために、八咫烏の力を見せている。小太郎は犬神を描くのか」

「花咲一族が使うのであれば、氏神のほうが守護効果を得られるからな」

香苗に八咫烏を描かせようとしているのは、八咫烏が霊符神の使いでもあるからだ。

熊野の神の使いが八咫烏であることは、広く知られる。そして『鎮宅霊符縁起集説』（一七〇八年）によると、熊野の神は妙見菩薩であるとされる。

妙見菩薩は、七二種の護符を司る鎮宅霊符神と習合されている。すなわち八咫烏は、霊符神の使いでもある。

霊符と八咫烏との関係は、熊野のほかにもある。

日本の霊山である富士山は、陰陽道色が強い。

富士山が誕生したとされる御縁年の庚申の年は、陰陽道の庚申信仰から来ている。そして富士山修験道における符呪『お身抜』や『おふせぎ』を集めた書は、『三足ノ烏の巻』や『烏ノ御巻』の名で残される。

符呪の書にある三足ノ烏とは、まさに八咫烏のことだ。

霊符を作成する際には、陰陽道の神である牛頭大王の牛王宝印を施しながら、呪力を篭めて描き込んでいく。牛王宝印は二系統あり、文字を造形的に描くことと、神使である動物を組み合わせて社寺の名を形作ることだ。

すなわち牛王宝印を施すのであれば、霊符神である妙見菩薩を描くよりも、鎮宅霊符神の神使である八咫烏を描くほうが、正しい効果を得られる。

現代の野生に暮らす八咫烏は弱く、ほかの陰陽師が描いても強い効果は得られない。

だが強い八咫烏をイメージできるのであれば、守護護符の効果は高くなる。

一樹が受験の際に八咫烏で五枚と、陰陽道の最高神霊である泰山府君で一枚を描いたのは、守護効果だけを考えれば正解だった。

やり過ぎて圧力機を破壊してしまったために弁償となったので、総合的に鑑みれば最適解ではなかったが。

——今回の試験では、閻魔大王はないな。

自身に縁のない物を描いても仕方がない。

柚葉はＳ級の強さを持つ母親の龍神が加護を与えているため、自身が有する龍神の加護を護符に籠めれば、強大な効果を得られる。

香苗の場合は、冬であれば雪菜の力を表す氷の結晶でも良いが、夏なので八咫烏のうち玄武を描くのが良いと一樹は考える。

やがて特訓が終わって、柚葉達が戻ってきた。

お茶を入れるために蒼依が立ち上がり、入れ替わりで柚葉と香苗、そして雪菜が縁側に来てゾロゾロと座る。

「何あれ、強すぎなんだけど」

開口一番、八咫烏達に疑義を呈したのは雪菜だった。

そんな雪菜の評価は、一樹にとって好都合である。

「香苗さんは二次試験で、あの中で一番固かった八咫烏をイメージして、守護護符を描いてくれ。あいつらをイメージしながら、足が三本ある鳥を描けば、絵が抽象的でも問題ない。霊符に効力を発揮させるには、要点さえ押さえれば良い」

「それで、どれくらいの効果があるのですか」

習い始めて二ヵ月の香苗は不安げだったが、一樹は沙羅に視線を送った後、太鼓判を押した。

「八咫烏達の霊符は、現代の固定観念に囚われた他家には真似が出来ない。去年の沙羅に勝てる確信は無いが、紫苑には勝てるんじゃないか」

昨年の沙羅と紫苑はC級上位の呪力で、二位と三位だった。

C級中位の香苗よりも呪力は高かったが、八咫烏を描く効果は、その差を埋めて余りあるほどに大きい。

それでも沙羅に対する勝利を確信出来ないのは、沙羅が防御型に寄っており、紫苑が攻撃型に寄っていたからだ。同じ呪力でも、得意なことは上手く出来る。

もちろん今の沙羅には、香苗では到底勝てない。呪力がB級中位で、一樹の神気と龍神の加護を併せ持ち、八咫烏と龍神のどちらも描けるのだ。凪紗でも、呆気なく負けるだろう。

「柚葉は龍気を籠めて、龍神様の硬い鱗を想像しながら描け。そのほうが効果は大きい」

「えっ、それならわたしは、どうして八咫烏と術を撃ち合っていたのですか」

「……三次試験に向けた訓練だ」

ついでで付き合わせていた一樹は、柚葉から目を逸らしたまま答えた。

第五話　黎明期

「国家試験の一次試験は、呪力測定だ」

七月に入って二度目の土曜日。

期末テストが終わった一樹は、国家試験の受験生である柚葉と香苗、補助に沙羅を連れて、一次試験の会場である陰陽師協会の支部にやってきた。

「呪力測定は協会の都道府県支部で、誰でも無料で受けられる」

陰陽師国家試験の一次試験は、毎年七月一日から二三日の間に行われている。

中学三年生以上であれば誰でも受験出来て、受験料も掛からないために、受験者数は多い。

なお小太郎に関しては、一次試験の免除対象者である。


「どうして無料にしているのですか」

陰陽師の知識に未だ疎い香苗が、当然の疑問を口にした。

試験をするには、試験官と立会人が必要だ。

試験官は引退陰陽師で、立会人は支部の職員だが、前者に対しても日当や交通費は出すし、後者にも固定給や残業代が発生する。

受験者が自身の呪力を調べたいだけの場合もあるため、受験にかかる経費を受験料で補うのは、何らおかしなことではない。

それでも無料にしているのは、陰陽師協会に相応のメリットがあるからだ。

「一般人には、自分の呪力が高いことを自覚していない人が居る。受験料が無料なのは、受験者の裾野を広げて、高呪力者を見つけるためだ」


一般人に高呪力者が混ざる理由は、様々にある。

祖先の隔世遺伝、幼い頃に死にかけて呪力が上がった、知らぬ間に加護を得ていた等々。

もっとも高い呪力だけでは、陰陽師には成れない。

二次試験の課題は霊符作成で、最低でもそれくらいの技術は必要になる。

それでも呪力が高いと分かれば、支部が引退陰陽師を師匠に斡旋できる。そこで霊符作成の技術を身に付ければ、数年後には試験に合格出来るようになる。

「協会は、人員が増える。引退陰陽師は、育成で支援金が入る。受験生も、選択肢が増える」

「皆が得をするのですね」

「そうなる。国も使える土地を広げられて、国民も安全性が高まり、誰もが得をする」

現役の陰陽師は一万人ほどで、医師に比べて三〇分の一、弁護士に比べて四分の一。

正しい金銭感覚を保ち、身の程にあった調伏を徹底すれば、それなりに豊かに暮らしていける。

そのため陰陽師になるか否かは別として、受験者数は多い。

昨年の一次試験は、受験者数が一一万六七三二人に上った。

その大多数は落ちているが、呪力が高ければ協会から師匠を斡旋される。

協会の斡旋に応じて師匠を得れば、二年後には一次試験の免除枠に入れる。そして高校生のうちに、陰陽師の資格を得られるかもしれない。

かくして徒弟制である陰陽師の技術継承は、途切れずに続いている。

「ただし受験者が捌けないから、各支部で時間を掛けて、選り分けている」

昨年の受験者数を四七都道府県と二三日間で割れば、一つの支部に、一日平均で一〇〇人以上の受験者が来ていた計算になる。

都会と田舎では受験者数が異なるが、支部の規模は人口に比しており、全ての都道府県で相応に忙しくなる。ましてや土日ともなれば、受験者数が増えるのは避けがたい。


支部の窓口に来た一樹は、窓口の前で自動発行の整理券を二枚取った。

そのうちＣ一六番と印字された整理券を柚葉に渡し、Ｄ一六番と書かれた整理券を香苗に渡した一樹は、沙羅に指示する。

「俺は柚葉に付くから、沙羅は香苗に付いてくれ。そして万が一にも試験で落ちるようなことがあれば、その結果は間違っているから、俺を呼んでくれ」

「分かりました。お呼びするまでも無く、解決すると思いますけれど」

沙羅は保証した後、香苗を連れてＤの窓口へと向かった。

窓口はAからEまでの五つが設けられており、試験官と受験生が対面式で座る形になっている。

窓口の後ろには立会人が立っており、受験生側も後ろに立会人が立てるようになっている。

仕切りは設けられておらず、後ろに並ぶ人間も、試験を観察することが可能だ。さらに試験は録画されており、トラブルの発生時には再生しての確認も可能だ。

キョトンとしている柚葉に対して、一樹は説明した。

「過去に、合格できるレベルの受験者を、わざと不合格にしていた試験官が居たんだ」

「どうして、そんなことをしたのですか」

「陰陽大家の一族で、家に不満があったらしい」

一般人でも、親の遺産相続で兄弟姉妹と裁判になることはある。

そして陰陽師も人間なので、継承や遺産相続でトラブルになる場合もある。

決定を許し難いと思えば、家門ごと道連れにしようと考えることも有り得る。

つまり家門ごと道連れにしようと、試験官が不正を行ったのだ。


不正によって、本来は合格するはずだった者達が落ちた。

一次試験は誰でも自由に受けられる代わりに、受験者を細かく調べていない。そのため協会は、落とした不合格者の身元を遡れなかった。

実害があり、被害の回復が出来なかったのである。

おかげで協会に対する世間からの信用は、試験に関しては失墜した。

陰陽大家の名も、相応に貶められている。

陰陽大家が潰れると困る地元の県によって、家自体は取り潰されなかったが、実行犯の復讐は成ったであろう。

「試験官は簡単に不正が出来る。だから社会問題になって、様々な対策が採られるようになった」

その一つとして、申し込みはウェブで行われるようになった。

住所、氏名、電話番号、メールアドレスなどを登録して申し込み、記録を残す。

さらに発行されたバーコードを一次試験会場で立会人が読み取り、受験日や一次試験の試験官、試験結果と紐付けする。

ほかの陰陽師からの物言いや、翌年の再受験で、受験生の呪力が明らかな合格レベルであった場合、原因が判明するまで当該試験官による試験の停止と、ほかの不合格者への調査も行われる。

「ちなみに二次試験と三次試験を公開するようになったのも、事件が起きた後だ」

「それで公開するようになったのですか」

柚葉が首を傾げると、一樹は頷いた。

「言及されていないけれど、多分そうだろうな」

一樹が常任理事会で聞けば宇賀あたりが答えてくれるだろうが、おそらく聞くまでもない。

『前例踏襲主義で、自発的に改善せず、何か重大な問題が起きて外圧を受けてから、改める』

これは、お国柄や国民性と言われる部分だ。

災害が多い島国で、協調性が無ければ生き残れなかったことなど原因は様々で、必然が齎《もたら》した部分もあるのだろうが、利点と欠点を併せ持っている。

欠点の部分に関して一樹は残念に思うが、それならば人任せにせず、常任理事となった自分がより良い改善案を出せば良い。

一樹の場合、提案が通る可能性は高い。

それは一樹が、将来の会長候補だからだ。

A級の人外は、人間との共存のためか、人間に会長を任せる方針を採っている。

そしてA級が居る協会では、B級は会長に成れない。

陰陽師の不文律である『名家や大家の子弟であろうと、下位者には指揮を任せられない』が影響しているのだ。

『対妖怪で共働するに際しては、最も優れた陰陽師が指揮する』

『自分より上の陰陽師には従え。然もなくば引っ込んでいろ』

B級が協会長になり、「A級の槐の邪神と、虎狼狸を倒しに行け」と指示しても、A級側は「A級の力を測れない奴に、指示される謂われは無い」との感情を持たざるを得ない。

一樹の場合、豊川が居なければ槐の邪神に殺されていた可能性すらあるが、それをB級の会長が指示していたのであれば、会長を信頼できなくなっていただろう。

都道府県を統括するB級で陰陽大家の当主達も、自分達よりも格上のA級が会長であればこそ、素直に従っている。

従わなければ、C級以下が自分達に従う謂われも無くなるので、従って当然なのだ。

会長職は、B級では侮られるので務まらない。

現在の対象者は、四位の五鬼童、五位の現会長、六位の一樹、七位の花咲。

A級の最年少かつ高呪力者の一樹は、将来的に会長になる可能性が高い。

であればこそ協会の体質や業務に対する改善の提案は、現会長からも無視され難い。

なぜなら一樹が最終決定権を持つ会長になれば、どうせ変えてしまえるからだ。

現会長としても、退任後に改善されて、「前会長は却下していたが、やはり変えた方が良かった」と言われたい訳が無いので、一樹から提案されれば真面目に検討せざるを得ない。

一樹の場合、現行に疑義があるならば、改善の提案をしなければならない。

――とりあえず現行で良いんじゃないか。

充分にチェックされるようになった現行には、目立った問題は無いと思われた。


一樹が妄想する間に、柚葉の順番が来て、柚葉は対面式の席に座った。

その後ろに一樹が付いて、A級の資格証を提示しながら名乗る。

「私はA級陰陽師で、常任理事の賀茂一樹です。不正防止のために定められた要綱に基づき、私の弟子が行う試験の立会人となります」

名乗りの効果は絶大だった。

試験官として座っていた元D級の引退陰陽師は、呆然としながら提示された資格証の顔写真と、一樹の顔に何度も視線を行き来させた。

試験官側の立会人である支部職員は、手にしたバーコードリーダーを握りながら固まった。

窓口Cの背後に並ぶほかの受験生達も、おそらくは呆然としているであろう。

そんな周囲の空気を吹き飛ばすように、柚葉がスマホに表示した受験のバーコードを提示した。

「よろしくお願いしまーす」

暢気な柚葉の声に促された支部の職員が、バーコードリーダーでスマホの画面を読み取った。

機械音がピッと鳴って、職員のノートパソコンに情報が表示される。

条件反射的に画面を見た職員が、確認を行った。

「ええと、赤堀柚葉さんでよろしいですね」

「はい、合っています」

「それでは試験を始めます」

職員に促された試験官は頷くと、古めかしい着物姿の女の式神を浮かび上がらせた。


浮かび上がった女の容姿は醜く、髪は乱れており、身体は痩せてガリガリだった。

その霊を視た一樹は、大雑把に江戸時代から大正時代を思い浮かべた。

——F級よりも弱いな。敢えて格付けするなら、G級中位くらいか。

陰陽師の最低はF級だが、等級は一〇倍差なので、その計算で考えればG級に相当する。

戦力としては最弱で、G級の呪力があれば見えて、直接触れられる。

そんな雑霊であればこそ、最低限の力を測るのに向いている。

G級程度の式神を使って受験生を図るのは、一次試験としては妥当だと一樹は認識した。

霊を浮かび上がらせた試験官は、柚葉に指示した。

「これから式神が、三度手を挙げる。挙げた方を指差すように」

「はい、分かりました」

「それでは開始する。『三度、手を挙げろ』」

試験官に指示された女の幽霊が左手、左手、右手の順番で手を挙げると、柚葉は挙げられた手に向かって的確に指差しを行った。

試験官は頷くと、「丸、丸、丸」と声に出した。すると職員が、パソコンに結果を入力する。

「次に触れられるかのテストを行う。右手を軽く押してみろ。『右手を出せ』」

試験官に指示された女の幽霊が、右手を差し出した。

柚葉が手を伸ばし、幽霊の右手に触れて押したところ、幽霊の右手はボロボロと崩れた。

その結果に試験官側が目を見張り、柚葉ではなく一樹に問う。

「なぜ、崩れたのですか」

問われた一樹自身も驚いたが、所見を述べた。

「彼女は、S級評価されている龍神の娘で、龍気を持っています。詳細に関しては、協会長に報告書を上げており、閲覧資格はB級以上です。その龍気に耐えられなかったのでしょう」

「……『戻れ』、『現れろ』」

幽霊を自身の影に戻して、再び顕現させた試験官は、呪力と引き替えに右手が戻っている姿を確認して、安堵の溜息を吐いた。


もしかすると一樹が居なければ、多少は揉めたかもしれない。

あるいは嫌味の一つでも言われただろうか。

だが柚葉に落ち度は無いので、文句を言ってきたら一樹は堂々と言い返せるし、試験結果を不当に扱えば、上のレベルから結果を覆せる。

一樹は試験に立ち会って良かったと安堵した。

「丸。合格だ」

試験官が淡々と告げると、職員が入力したデータを送信して、結果を印刷した。

「こちらが試験結果になります。登録されているメールアドレスにも、結果は送信されています。二次試験は八月一日に東京で行われます。お疲れ様でした」

「ありがとうございました」

程なく合格した香苗と合流して、陰陽同好会の一次試験は無事に終了した。

◇◇◇◇◇◇

八月一日、二次試験当日。

同好会の三人と共に二次試験会場に来た一樹は、メンバーを送り出すに際して告げた。

「なるべく良い成績を出して、上位に行ったほうが、三次試験は楽だからな」

一次試験の受験者数は、昨年の一一万六七三二人よりも増えて、一三万一七三九人だった。

結果として二次試験も、七四八二人から一割ほど増えて、八二九三人となっている。

なぜ受験者数が分かったかと言えば、一次試験に関しては発表されており、二次試験に関しては六つのフロアに割り振られた受験番号の最後が、八二九三番だったからだ。

昨年と比べて、日本の人口や、試験の難易度に大きな変化は無い。

そのため受験者数の増加は、宣伝効果の影響だと考えられる。

昨年の試験以降、比叡山や瀬戸内海の解放で、協会側も企図していなかった宣伝効果があった。

海竜の解放に関しては、国が一四〇億円を支払っており、一樹にも相当の金額が入ったと考えられている。

『呪力があれば、一年目でも物凄く儲かる』

そんな誤解が広がった結果として、受験者数が増えた。

ただし、合格ラインに達した受験者は全員合格なので、受験者数は合否に影響しないが。

二次試験会場は、昨年と同じくコミケで有名な施設の東展示棟を借りて行われている。

縦横九〇メートルのフロアが六つあり、一つのフロアが教室一二六個分。

一つの教室に生徒三〇人が入るとすれば、一フロアだけで三七八〇人を収容できる計算だ。霊符作成試験は、三フロアの一万一三四〇名に対応できる空間で行われる。

昨年と同様、残る三フロアは、作成した霊符を用いる実技試験会場となっている。

もしも二次試験の受験者数が多ければ、霊符作成を四フロアにして、残り二フロアを実技の会場にするなど対応できた。

――会場を変えなければ、手順が同じで楽が出来るんだろうな。

陰陽師国家試験は、A級陰陽師の一人が総責任者となって、B級陰陽師二人が副責任者となる。

総責任者は、何年か担当するのが通例で、今年までは五鬼童家が請け負っている。

一定の呪力があって、一定の効果がある霊符を作れる者を合格にする以上、あえて試験内容や、会場を変える必要はない。

二次試験の内容は、昨年とまったく同じく、六枚の霊符作成だった。

D級中位の小太郎、C級下位の柚葉、C級中位の香苗は、二次試験には落ちようがない。

計算外が起こるとすれば、小太郎が三次試験で敗退して、E級からスタートすることだ。

だが三次試験の余力を残すために二次試験で籠める呪力に手を抜いて、上位一〇〇人に入らなければ、さらに低いF級からのスタートとなる。

結局のところ小太郎は、全力を出すしかない。

「俺だけがE級以下になるわけには、いかないからな」

気合いを入れた小太郎は、割り振られた会場に向かった。

一樹は残った柚葉と香苗に向かって、それぞれ声を掛ける。

「柚葉、龍気を注ぎ込みながら、龍神様の硬い鱗をイメージして描け。あんなに硬いものはない。牛鬼の棍棒で殴っても、傷なんて付かない。あれは尋常ではなく硬い」

「えっ、殴るんですか？」

イメージと前置きしたにも関わらず聞き返した柚葉に、一樹は内心で頭を抱えた。

「違う。牛鬼で殴っても傷付かないという、具体的かつ強いイメージを持って描けって意味だ」

「あ、はい、分かりました！」

あんぽんたんに理解させた一樹は、次いで真っ当な理解力を持つ香苗に告げた。

「八咫烏達の中で最も硬いのは玄武だ。牛王宝印を施しながら、霊符神の神使である八咫烏を描く。その際、世界を支える女媧の足をイメージして描けば、去年の沙羅にすら勝てるかもしれない。今の香苗なら出来る」

「頑張ります」

これまで香苗を「さん付け」で呼んでいた一樹は、はじめて呼び捨てにした。

それに対して香苗は特に言及せず、微笑と共に頷いて応えた。

「賀茂さん。わたしの時と、説明に差がありませんか」

「柚葉には、難しいことを言っても混乱するだろう。龍気を籠めて、龍神様の鱗を描けば良いんだから、それだけ考えろ。ほら行け」

会場がある方向に柚葉の背中を押し出した一樹は、渋々と歩み出した柚葉と、付いていく香苗を見送った。

それから一樹は、沙羅を伴って、会場に設けられた本部に顔を出した。

試験の総責任者は、会長を含む常任理事会のメンバーが数年ごとに持ち回りをしている。

A級の一位から三位である人外は総責任者にならないため、現在であれば五鬼童、協会長、一樹、花咲の四名が総責任者を持ち回ることになる。

会場の手配などは陰陽師協会が行っており、A級陰陽師が自分で直接電話を掛けて、会場を予約するわけではない。

だが名義貸しをするだけではなく、総責任者として会場を貸してくれる法人に挨拶の一つくらいは行わなければならないし、判断に困る事態では総責任者が最終判断を行う。

試験における総責任者の決定は、協会の決定と同義だ。

それは現場の調伏について、現場にいる陰陽師に判断させるのと同じ考え方だ。

だからこそ義一郎は、自分一人の判断でエキシビションマッチを行えたし、一樹をC級陰陽師からスタートさせることも出来た。

そんな総責任者の仕事について、「いずれ自分も担うことになるから見学したい」と言えば、一樹は堂々と本部に入れる。

一樹が仕事を補佐する立場の沙羅を伴って本部に行ったところ、来年から総責任者になる花咲と共に居た義一郎は、一樹と沙羅も応接室に招いた。

そこで一樹はコーヒーを飲みながら、モニターで試験会場を眺める形となった。

『まずは、注意事項を説明する。会場には多数のカメラが設置されており、ライブ中継されていて、全国民が君達を見ている。不正が判明すれば、失格・資格剥奪の上……』

試験に先だって行われるアナウンスは、本部にも流れていた。

それを聴いていると、隣から義一郎が話し掛けてきた。

「君は、二人の弟子を送り込んだそうだね」

話を振られた一樹は、学園の理事長でもある花咲を一瞥してから答えた。

「二人は、花咲高校の同級生です」

そのような事は、当然知っているのだろう。

義一郎は頷きながら、話の続きを促した。

「四月に花咲陰陽師の息子さんと同じクラスになり、彼が陰陽同好会を設立するとので参加して、会員数を揃えるために、呪力を持つ人間を探してメンバーに誘いました。一人はS級の龍神の娘、もう一人は妖狐のクォーターです」

「どの程度の呪力かね」

「当初はD級上位とE級上位でしたが、今は両方ともC級です。二次試験の結果は、去年の沙羅と紫苑に並べたら良いなといったところです」

花咲理事長から同好会の実績評価を得るため、一樹は敢えて香苗のパワーアップを言及した。

すると当然ながら、義一郎はE級からC級に跳ね上がった件について食い付いた。

「龍神の娘に関しては、報告書を読んでいる。だがE級上位のほうは、どうやったのだね」

「妖狐でしたから、豊川様を頼らせて頂きました」

「なるほど」

妖狐に関しては、人前に出る中では豊川が第一人者だ。

豊川の後ろには、豊川稲荷が付いている。そして豊川稲荷に居る千体の霊狐が、豊川稲荷に限らず他所からも来ている以上、ほかの妖狐のコミュニティ全てとも繋がりを持っている。

妖狐に関して、豊川の右に出る人間など居ない。

香苗が強くなった理由が豊川だと聞いた義一郎は、大いに納得した。

そして呪力を上げた方法も、追及しなくなった。

「将来は気狐に達する可能性があり、豊川稲荷との繋がりも出来ました。豊川様が天狐に至った場合でも、繋がりは保たれるかもしれません」

「それは重畳だな」

一樹の行動は、陰陽師協会の常任理事に相応しいものだった。

それを耳にした義一郎と花咲は、互いに顔を見合わせて感心を共有した。


会場のアナウンスは符呪の説明に移っているが、毎年同じアナウンスで、内容を把握しているA級の関心は惹かない。それよりも一樹が話した未来の展望について、彼らは興味を抱いていた。

豊川は、八〇〇歳の気狐だ。

妖狐は、一〇〇〇歳を超えて四尾に至れば、泰山に仕える天狐になる資格を得られる。

天狐にならず、仙狐に留まる選択肢もあるが、それは豊川次第だ。

豊川が天狐になった場合、陰陽師協会は色々と困ることになる。

協会は現人神の諏訪を頂点に据えて、トップが失点しない形で維持している。

さらに協会への無理難題は宇賀が蹴散らし、逆に困っていれば豊川が助けに入り、厳しい二位と優しい三位とで、バランスを調整しながら運営してきた。

その片方が抜けると、バランスの取り方が難しくなる。

憎まれ役が人外の宇賀で助ける役が人間だと、人外に対する印象が悪くなる。

その際、豊川の後任が居れば、協会は非常に助かる。

一樹の発言から順当に未来を想像した義一郎と花咲は、布石の一つとして有意だと考えた。

「成程。龍神との繋がりもあるようだし、君の弟子達は、得難い存在のようだ。花咲陰陽師、あなたの所には、良い同好会が生まれたようですな」

「ええ。五鬼童家のお嬢さんも所属しておられますし、これは息子を褒めるべきでしょうね」

義一郎と花咲が示し合わせる中、二次試験が開始されるアナウンスが流れていた。

◇◇◇◇◇◇

『霊符作成は、三時間で六枚だ。その後、隣の会場で実技を行う。それでは、試験開始』

試験開始のアナウンスが流れ、八二九三人に混ざった柚葉と香苗は、霊符を作成し始めた。

二次試験の符呪は、三時間で六枚の守護護符を作成する試験である。

六枚の符に気を移して、三日後の三次試験までは効果が保つ護符を作らなければならない。

想定しているのは、陰陽師となった後に妖怪調伏に赴く際、自身を守る護符を作れるのかだ。

どの程度の効果が、何ヵ月保つように作るのか。

その調整は、陰陽師として長年活躍していくうちに、出来るようになる。それが引退陰陽師に、一般人向けの霊符作成を任せる理由の一つでもある。

——旦那様のお役に立てる護符って、どんな護符なんでしょう。

一樹に言われたとおりに龍神の鱗をイメージして描きながら、柚葉は一樹が望む護符について、想像を巡らせた。

柚葉は、ムカデ神との戦いに一樹を引き込む代わりに、一樹側にも協力する約束を交わした。

その後、柚葉の母親である蛇神が、柚葉の力と比べて三〇〇倍に相当するムカデを倒すことと引き替えに柚葉を譲り渡す契約を交わして、実現している。

その件に関して、約束を反故にする気など無かった柚葉は、全く問題ないと思っている。

一樹の下での役目は、陰陽同好会を維持する人員になること。

国家試験に合格して、同好会の実績を作ること。

将来的には、一樹の事務所で働くことも含まれるかもしれない。

ムカデ神の眷属との戦いに特攻させられていた場合は、確実に死んでいた。死ぬことに比べれば、それらの協力など対価として釣り合わないほどに小さく、何ら不当ではない。

親元に返されれば特攻隊員にされるので、戻さないで欲しいと思っている。子供を産ませてくれれば堂々と居座れるが、残念ながら手は出されていない。

したがって柚葉は、自ら望む状況を続けるために、一樹の役に立たなければならない。

——お母様くらい強ければ、いくらでもお役に立つのでしょうけれど。

母龍から単為生殖で生まれた柚葉は、将来的には母龍と同程度の能力までは上がり得る。

だがS級に届くのは、千年後だろうか。

それに対して人間である一樹の寿命は短く、現役陰陽師の定年も六〇歳までのため、残り四四年しか役に立てない。

——お母様、力を借ります。急急如律令、符呪開眼。入魂、龍神。

一樹達と同様に、龍神の加護を得ている柚葉の身体には、母親の力が流れている。一樹が霊符神の力を用いるのが上手いのであれば、柚葉は同等以上に龍神の力を用いるのが上手い。

柚葉は身体を巡る母龍の力を引き出して、霊符に籠め始めた。

それは一樹を含む人間には、不可能な次元に達する術だった。

柚葉は企図せず、龍神の真の神女（巫女）として神降ろしを行い、龍神の加護を霊符に籠めた。

◇◇◇◇◇

試験開始の合図が出た瞬間、香苗の脳裏に、一体の白狐が浮かび上がった。

毛筆を手にした香苗は、筆先を朱墨に浸して、生漉《きず》き和紙に陰陽道の神である牛頭大王の牛王宝印を施しながら、霊符神の神使である八咫烏を描きつつ、白狐のイメージを送り込んでいく。

本来送り込むべきイメージは玄武だが、それは香苗にとっての間違いだと、白狐は告げている。

香苗が最大限に活かせる水行の力は、豊川稲荷で受け取った白狐の魂の欠片だ。

香苗は脳裏に浮かんだ光景を鮮明に視ようと、白狐の姿を思い浮かべた。


白い毛並みを持つ二尾の彼は、雪の降りしきる山の石段を下っていた。

腰には日本刀を差しており、後ろには金色の毛並みを持つ二尾の女を連れている。

弓を携えた金狐の女は、赤い瞳を爛々と輝かせながら、口元に笑みを浮かべて、楽しそうに白狐の後を付いていく。

やがて二体の二尾は、石段の半ばで立ち止まると、白狐は鞘に収まった日本刀を構え、金狐は矢を番えて立ちはだかった。

何人たりとも通さないという、揺るぎない意志を籠めた白狐の瞳が、正面を見据える。必ず射殺すという狩人の瞳が、油断なく周囲を見渡した。

――急急如律令、符呪開眼。入魂、護法神。

今まさに、二体の二尾による死守の意志が、守護護符に強く籠められた。

守護護符の持ち主を害する者が現れたならば、二尾の狐達は文字通り命と引き替えにしてでも、持ち主を死守するだろう。

この際、敵との力の強弱は関係ない。

二体の二尾は、敵と刺し違えてでも味方を守るからだ。

二〇倍の力量差があろうとも、命と引き替えに敵に深手を負わせたならば、敵は背後の者を害するどころではなくなる。

——この先、一歩も通さぬ。


白狐と共に居る金狐は、白狐が盾となる瞬間に生まれる敵の隙を狙い、逆撃を企図している。

そんな守護護符を生み出した香苗は、これが陰陽師への試験であること、試験官を殺したり、機械を破壊したりしてはならぬイメージを送った。

すると白狐は刀を腰に差し直し、金狐は弓を降ろして微笑みを浮かべ、二体で一つの傘に入って石段の上に佇んだ。

白狐の口元からは、白い吐息が吐き出される。

——実技試験は三時間以内で、三次試験は三日後。そのどちらかです。

香苗が時間を告げると、二体は頷いた。

——何人たりとも、害すること、能わず。

——呪力は六枚に六分割すること。わたし達が守るから、きっとあなたが一番になるわ。

二体は香苗に意志を残すと、霊符に溶け込み、薄らと消えていった。

一枚目を作り終えた香苗は、二枚目の和紙を手に取った。

◇◇◇◇◇◇

今回の試験で大本命の前評判を得ている五鬼童凪紗は、世間から天才と評されている。

天才とは、努力では絶対に至れない、特別な才能を有する者だ。

アインシュタインであれば、脳の機能に関わるグリア細胞の数が、常人の二倍程が確認された。

このような生まれつきの差は、本人の努力で覆せる領域ではない。

そのような意味において凪紗には、存命中の五鬼童一族で、紛れもなく最高の才能がある。

凪紗の才能とは、鬼神と大天狗の力を意のままに引き出す力だ。

凪紗は、自身が鬼神や大天狗の子供であるかのように、その力を遺憾なく発揮できる。

一樹は沙羅から聞き出すのがズルいと思って聞かなかったが、もしも尋ねていたならば、沙羅は次のように答えただろう。

『凪紗は、今の私と同じくらいの強さかもしれません』

沙羅は、一樹の神力と、龍神の加護を得ており、B級中位の力を持っている。

それは紫苑五人分で、一年前であれば、C級上位の八咫烏五羽を同時に相手取って、一歩も譲らない戦いが出来た。

力を一つに集約している分だけ有利で、空中戦に限っては、八咫烏達に勝ったかもしれない。

空戦で勝った凪紗は、牛鬼の守りさえ突破できれば、一樹にすら勝ち得た。

鬼神と大天狗の力を遺憾なく発揮できる凪紗は、陰陽師として、紛う事なき天才だ。

そんな彼女は、A級中位の義一郎よりも一五才時点での能力が高く、将来はA級に達すると見なされている。

生物学的には女性のほうが成長は早く、男性よりも先に成長し切ってしまうために、いずれ伸びなくなる。

だが凪紗は、スタートダッシュが相当早かった。

凪紗の才能は、五鬼童一族でも突出している。

五鬼童家が、次代の当主である義経と、鬼神と大天狗の力を最大限に引き出せる凪紗との結婚を考えた程には、外に出したくない才能だ。

婚約候補に対する凪紗の考えは、無関心だったが。

——入魂、守護鬼神。

凪紗は守護護符に、一年前の沙羅が籠めたよりも強力な守りの力を籠めた。

そして気を操作して、守りを固めて強化していく。二〇分ほど掛けて一枚を完成させると、二枚目、三枚目と、同等品を次々と作り出していく。

凪紗には、同年代のライバルは存在しない。

本家の嫡男である義経は、一樹の一回り年長で、あと数年でA級に到達できる。

だが凪紗は、十代のうちにA級に到達する。

そんな凪紗にとって、唯一の上位者が一樹だ。もちろん最大の関心事項だが、すでに姉の沙羅が、五鬼童家から送り出す人員の席を確保済みだ。

——一年、ズレてくれていたら良かったのに。

凪紗は自身が一年早く生まれていた場合、そして一樹が一年遅く生まれていた場合を想像する。

凪紗が一年早く生まれていたならば、双子の姉達は一歳年上なので、一樹と対峙するのは凪紗だったはずだ。

交渉担当者は凪紗になっており、絡新婦との戦いでも共働していた。そして結果は、沙羅の立場だっただろう。

それに関して凪紗には、忌避感は無かった。むしろ、そうなって当然だと考える。

逆に一樹が一年遅く生まれていた場合、五鬼童家は大打撃を受けていた。

本家は当主と嫡男が無事なので保たれるが、分家は凪紗だけになっていた。立て直しのために凪紗が試験を受けて、おそらく一樹に負けて、固執していたかもしれない。

——惜しいな。

考え事をしながら生み出した凪紗の護符は、一枚目に全く遜色のない性能だった。

◇◇◇◇◇

【生中継】陰陽師国家試験について語るスレpart931
943：名無しの陰陽師
【二次試験　霊符作成】

一位　五鬼童　凪紗　三〇トン　四〇秒
二位　祈理　香苗　一八トン　七三秒
三位　赤堀　柚葉　一二トン　五一秒
四位　九条　茉莉花　六トン　五四秒
五位　鶴殿　優斗　三トン　九〇秒

※参考（昨年）
一位　賀茂　一樹　五〇トン　※測定不能
二位　五鬼童　沙羅　一八トン　四一秒
三位　五鬼童　紫苑　一二トン　三二秒

944：名無しの陰陽師
（：：゜∀゜）……？

945：名無しの陰陽師
（：゜∀゜）……⁇

946：名無しの陰陽師

（：゜Д゜）

947：名無しの陰陽師
噂の天才と陰陽大家の間に、普段の五鬼童レベルが混ざってない？

948：名無しの陰陽師
二時間で一人目が終了を宣言した後、
残り二人が直ぐに宣言したけど、
あれって、絶対に対抗してだよな

949：名無しの陰陽師
多分な
三台のプレス機に三人が並んだのは凄い画だったわ
運動会で玉入れの結果を数えているみたいだったが

950：名無しの陰陽師
去年の賀茂みたいなのが出ても良いけど
五鬼童が一位だったのには正直安心した

それで祈理と赤堀って、どこの系譜で、誰の弟子なんだ

951：名無しの陰陽師
https://www.hanasaki-gakuen.hi.jp/school/club.html
花咲高校のホームページの部活動紹介
陰陽同好会の紹介写真に出てくる生徒の顔と一致

952：名無しの陰陽師
つまり花咲家の弟子なの？

953：名無しの陰陽師
メンバーに花咲もいるけど、A級の賀茂陰陽師もいるから
ついでに去年二位の五鬼童沙羅もいる

954：名無しの陰陽師
賀茂が花咲高校に入学して、花咲の子供と同好会を作ったのは
同じ学校の生徒のTwittorで広まって有名
勧誘されたのは、誰の弟子でもなかった呪力が高い一般人

955：名無しの陰陽師
つまり四ヵ月間の修行で二位と三位なの？
ほかの受験生って、雑魚じゃね？

956：名無しの陰陽師
なんだと、この野郎（＃｀ε´）

957：名無しの陰陽師
A級の賀茂と、五鬼童家と、花咲家が関わっているとしても
B級の陰陽大家の子弟に勝てるのはヤバくて草

958：名無しの陰陽師
ランクが一つ違えば、種族が異なるレベルで差があるし
A級を出す家が三つも関わっているなら可能かもしれない

959：名無しの陰陽師
たぶん花咲一族の弟子ではないと思うぞ

一族の人間が、もっと低い成績だし
一七位　花咲　小太郎　一トン　八四秒

960：名無しの陰陽師
一トンなら、リザードマンを防げるレベルだろ
三枚で一分以上なら、D級中位だから、一七位なら充分だと思う

961：名無しの陰陽師
花咲の弟子じゃないって話をしているんだろ
花咲式だと一七位が限界
個人の資質もあるだろうけど、花咲は人間では一握りの上位者
犬神が隔絶しているだけで、積み重ねた技術も相応にある

962：名無しの陰陽師
中三と高一の差はあるにしても五鬼童式でも無さそう
おそらく主体は賀茂式

963：名無しの陰陽師

現役で真のA級陰陽師が直接教えたなら
B級の陰陽大家が負けても、少なくとも体面は保たれる

964：名無しの陰陽師
賀茂式って？

965：名無しの陰陽師
二位と三位が符呪の入魂に使った『急急如律令』だけど
最初の急が外五鈷印、次の急が宝形印
如が八葉印、律が智拳印、令が大日剣印で、符呪を開眼していた

五鬼童家の修験道は『急急之大事』だから、五鬼童式とも違う
そこから組み合わせて牛王宝印を入れていたけど、
手順と組み合わせが複雑で、独自の応用があった
あれくらいになると、数百年くらい積み重ねが無いと作れない
だから花咲でも、五鬼童でも、一般でもなくて、賀茂家の作り方だと分かる

966：名無しの陰陽師

(゜口゜)ポカーン

967:名無しの陰陽師
プロが混ざっているな
それも陰陽大家を継承するレベルの奴が
身バレに気を付けろよ

968:名無しの陰陽師
それで賀茂式って、どんな効果なの?

969:965
確実に陰陽大家の上をいっている
短期間の修行で最高の結果を出させる最適解だと思う
あれを習えば一ランク上の護符を作れる

正直、あの作り方の意味の全ては、陰陽大家でも読み切れない
俺は、A級の賀茂陰陽師が
安倍晴明の師匠だった賀茂家って系譜がマジだと確信した

970：名無しの陰陽師
マジか……まあ俺は、賀茂が本物だと分かっていたけどな

971：名無しの陰陽師
作る護符が一ランク上になるのか
もう成人済みだけど、今からでも花咲高校を目指すか

972：名無しの陰陽師
一ランク上って、中鬼に噛まれて一分耐えられる霊符が
中魔に噛まれて一分耐えられるレベルだよね
凄いと思うけど、攻撃力が上がらなかったら、結局のところ勝てなくない？

973：名無しの陰陽師
一ランク上を舐めすぎ
中型犬の柴犬（体重八キロ）に、本気で噛まれて一分耐えられる霊符が
ニホンオオカミ（体重一六キロ）に、一分耐えられるようになるんだぞ

974：名無しの陰陽師
一ランク上の防御は、現場に出る陰陽師にとっては襲われたときに生死を分けるレベルだろうな

975：名無しの陰陽師
賀茂陰陽師の霊符を売ってくれって要望が凄そう

976：名無しの陰陽師
瀬戸内海の幽霊船を掃討するようになってからは呪力の使い先が目に見えるようになって、要望も減ったと思う

977：名無しの陰陽師
元々、現役陰陽師は一般向けには霊符を売らないよ
呪力が足りなくて妖怪調伏に行けなくなるから
協会経由で売られている霊符は、全て引退陰陽師の制作

978：965
＞＞975－977

霊符は、ほかの陰陽師が相手でも売らない
霊符を売って貰わないと達成出来ない仕事は、分不相応だから引き受けるな
というのが、陰陽師協会の基本的な考え方
一緒に仕事をする相手に渡すとか、親戚に売るとかは普通にある

979：名無しの陰陽師
欲しければ、自分で作るしかないわけか

980：名無しの陰陽師
来年の花咲高校の倍率凄そう（小並感

981：名無しの陰陽師
合格できるし、霊符も一ランク上になるわけだからな

982：名無しの陰陽師
今年の二次試験が八二九三人だろ
その全員が、術さえ使えれば合格できる呪力持ち
そして賀茂式を習えば、国家試験に合格が確実

９８３：名無しの陰陽師
中三で試験に落ちた半分が花咲を受験したら
受験生が二〇〇〇人以上は増えるな

９８４：名無しの陰陽師
花咲高校の偏差値、高いらしいよ

９８５：名無しの陰陽師
……賀茂父に弟子入りしたほうが早いんじゃないか
だって息子に陰陽術を教えたのは父親だろ
俺の偏差値が低いとは言っていない

９８６：名無しの陰陽師
そうか、偏差値が足りなかったのか

９８７：名無しの陰陽師
うっせぇわ

989：名無しの陰陽師
賀茂父の場合、術者の才能と、教育者の才能が異なった例だろうな
父親はC級だけど、A級を育てたから、
教育者としては優秀なのだろう

990：名無しの陰陽師
息子が同好会で教えたなら、
息子は両方の能力があるんじゃない？
学校のほうが良くないか

991：名無しの陰陽師
偏差値が足りないんだろ

992：名無しの陰陽師
偏差値じゃなくて、同好会なんて放課後の一時間とかだぞ
本格的に習うなら、賀茂父に弟子入りだろ
安倍晴明の師匠の家柄なら、弟子には相応に教える家だろうし

教育時間がまるで違う

993：名無しの陰陽師
賀茂父への弟子入りの競争率、
花咲高校の受験倍率よりもヤバそうだけど

994：名無しの陰陽師
徒弟制で一人の陰陽師が教えられる弟子の数って、どれくらいなの？

995：名無しの陰陽師
教える内容次第じゃないか
普通は自分の子供くらいまでで、追加で教える場合も数人程度
だから自分の親が陰陽師でなければ、引退陰陽師が教えてくれる

996：名無しの陰陽師
数人か……金とコネは必須だな
枠に入るのは無理っぽい
苗字が安倍とかなら、賀茂家は教えてくれるかもしれないけど

９９７：名無しの陰陽師
おい、協会の公式サイトを見ろ
今年もエキシビションマッチが組まれるらしいぞ！
一位と、二位＆三位の対戦だって

９９８：名無しの陰陽師
（ﾟДﾟ）ポカーン

９９９：名無しの陰陽師
一〇〇〇ゲットで賀茂父に弟子入り！

１０００：名無しの陰陽師
（ﾟДﾟ）ポカーン

１００１：１００１
このスレッドは１０００を超えました。
新しいスレッドを立ててください。

◇◇◇◇◇◇

「今年もエキシビションマッチを行おうと考えているが、どう思うかね」

試験会場の応接室でモニターを見ていた一樹に、義一郎が尋ねた。

一樹が周囲に視線を巡らせると、同席する沙羅は一年前を懐かしむ表情を浮かべている。

花咲はエキシビションマッチの開催について、興味を示しながら耳を欹《そばだ》てていた。


「確かに昨年同様、一位と、二位および三位で、陣営が分かれていますね」

二次試験の結果は、一位の凪紗が、昨年の一樹よりも下。

二位の香苗と三位の柚葉は、昨年の沙羅と紫苑が出した結果と同等だった。

それだけであれば、昨年よりもバランスが取れており、試合になるように見える。

だが香苗の呪力はC級中位で、柚葉はC級下位だ。

昨年の沙羅や紫苑はC級上位で、香苗と柚葉が戦えば負ける。

対する凪紗は天才との前評判があり、実際に沙羅や紫苑よりも上の霊符を作成した。凪紗の力は確実にB級で、C級の香苗と柚葉が勝つことは、極めて困難だ。

香苗と柚葉は、一樹に教わり始めてから、月日も経っていない。

結果が目に見えた一樹は、義一郎に否と返答した。

「勝敗は、明らかです」

妖怪は、修行せずとも基礎能力が高くて強い。

柚葉は龍神の力の一部を宿しており、香苗は豊川稲荷で継承を行った。そのため戦闘能力は、単純な人間と比べてはいけないのだろう。

だが訓練された人間も強い。

相手は一人で、柚葉と香苗は二人掛かりになるが、等級一つの差は一〇人に数えられる。


「君は、両者をどの程度だと見積もっているのだね」

「祈理がC級中位、赤堀がC級下位、凪紗さんがB級中位ですね」

一樹は二次試験の結果から、凪紗がB級中位に届いていると見積もった。

断言された義一郎は、姪の力については否定せずに、意外そうな表情を浮かべた。

「私は二人をC級上位と見積もっていたのだが」

凪紗の力について否定しなかったのは、認めたようなものだろう。

――B級上位という可能性もあるが、それは極小だな。

柚葉と香苗がC級上位だった場合、試合が成立する相手の強さは、B級中位までだ。

龍神や豊川の件を踏まえても、C級上位二名とB級上位一名では、五倍差になってしまう。

そこまで差があれば、一方的な戦闘で一樹の弟子を倒す形になる。

一樹と五鬼童家の関係が、昨年のエキシビションマッチだけであれば、五鬼童家も強いのだと世間に見せるために一方的な蹂躙を行わせたかもしれない。

だが一樹は、絡新婦の件で五鬼童家に恩を売った。

それについては沙羅が返済中で、金銭的には幽霊船の共同依頼で五鬼童家からも支払われた。

それでも義理堅い五鬼童家が、現在の一樹との関係で、一樹の弟子を一方的に蹂躙しようと思うはずがない。

一樹は人間関係の部分からも、凪紗の力の上限をB級中位と推察した。

そのうえで、義一郎の側が二人の実力を見誤った部分について、誤解を解くべく説明した。

「賀茂家は、先代まで呪力が高くなかったので、それを補う技術を高めてきました。秘術までは教えていませんが、霊符作成は基礎だけでも、我が家は他家に比べて一段階は上です」

「……そうだったね」

C級下位の柚葉が、C級上位だった紫苑に匹敵する護符を作れたのは異常だ。紫苑は五鬼童式の霊符を作成できるので、技術は非常に高い部類に入る。

それに柚葉は、龍神の娘でもある。

見積もり違いについて修正した義一郎は、改めて一樹に尋ねた。

「出場すれば、勝敗に拘わらず二人をC級に推薦するが、それも難しそうかね」

ここに至って一樹は、義一郎が善意で、一樹の弟子である二人の昇格を支援してくれようとしているのだと理解した。

香苗と柚葉はC級の呪力を持っているが、通常であればD級からのスタートになる。

C級に昇格するには活動して、支部などから推薦をもらわなければならない。

もちろん単独でポンポンと妖怪を倒していれば、正当に評価されて早々に上がるだろう。

陰陽師協会には、陰陽師の実力がある者を下に置いて、どこぞの名家の子弟を上位者に据えるといった発想は、持ち合わせていない。

正当な昇格を阻害する者が居れば、宇賀が蹴り飛ばして追い出すだろう。

だが上位者と組んで仕事をしていると、常識的に考えて上位者の支援を受けたのだと見なされて、等級は上がり難くなる。それに関しては、一樹も妥当だと考える。

柚葉と組んで妖怪退治に赴いたならば、その場に一樹が居るだけでも安全の担保になる。そして保護者付きで活動しても、柚葉が単独で活動できるという評価にはならない。

資格の取得後、一樹と組む柚葉達の等級は、上がり難くなる。

その手間を義一郎は、エキシビションマッチで省いてくれるというわけだ。

義一郎の配慮について、一樹は礼を述べた。

「ありがとうございます。一般論としては、初心者のうちに早く昇格し過ぎないほうが良いですが、その部分について二人であれば問題ないでしょう」

経験を積まないままに危険な仕事をさせれば、失敗するリスクが上がる。

だがA級陰陽師が指導者ならば、一般的な状況からは隔絶しているために、一般論など不要だ。

ようするに一樹が、どのように判断するかである。

香苗に関しては、C級妖怪に挑む無謀は想像できない。

柚葉に関しては、そもそも自ら妖怪に挑む姿が想像できない。

Ｃ級の実力を持つ二人にＣ級の資格を与えることについて、一樹は問題ないと判断した。

「あとは、試合が成り立つか否かですが……」

香苗はＣ級中位で、柚葉はＣ級下位。

その二人が、Ｂ級中位の凪紗に勝てる可能性はあるのか。

一樹は香苗に対して、雪女を使役するために滑石製の勾玉を一つ譲り渡している。勾玉に籠められる呪力はＣ級中位くらいで、それを加算した香苗の呪力はＣ級上位になる。

柚葉に関しては、Ｃ級下位のままだ。

滑石製の勾玉は三個あって、戦闘で使うには信用が置けないので、試合で使い切らせても良い。

勾玉三つを合わせた香苗と柚葉の呪力は、合計九〇〇〇ほどになる。

対する凪紗は、Ｂ級中位であれば二万ほどだ。

――せめて、半分の一万は欲しいな。

一樹としては、勝てる可能性が皆無の戦いなどさせたくはない。

だが試合に持ち込める武器や道具は、本人の所有物だけだ。

一樹が獲得した勾玉には翡翠製もあるが、七個のうち二個は蒼依と沙羅に分配済みで、残る五個も蒼依が神域を作る練習用にしている。

蒼依が神域を作れるようになっても、賀茂家の子供が成長するための呪物にしたり、儀式の呪具にしたり、取引や金銭に困ったときの売却にするなど、様々な用途があるので譲る考えはない。

詭弁を使って一時的に所有させて、試合後に戻させるような真似は、認められない。

試験での不正は、資格を剥奪された上で、受験資格も一定期間は停止される。

再取得しても、協会に嘘を吐いて不正をするような人間に、大きな仕事を任せることは無くなる。

一樹が柚葉と香苗に渡せるのは、譲り渡しても良い滑石製の勾玉三個だけだ。

「難しそうかね」

義一郎に問われた一樹は、右手を顎に添えて、検討中であることを示した。

ほかに強化する手段としては、柚葉の式神化、あるいは呪力を流すことだ。

一樹が使役した式神は、一段階強くなっている。

牛鬼はB級中位から上位、水仙はC級上位からB級下位、鎌鼬や幽霊巡視船も同様だ。理屈としては、使役者である一樹が持つ穢れが流れ込んで、使役する妖怪を強化したのだと考えられる。

例外は槐の邪神だが、完全には下らせておらず、魂が繋がっていないからだと思われる。

柚葉に関しては、龍神から支配権を譲渡されているが、式神として使役はしていない。

式神化したら面倒になりそうなので、呪力を流す形で済ませるにしても、柚葉に一段階の強化を行えば、C級中位に到達して、柚葉と香苗の総呪力は一万に届く。

——龍神様から頂いた龍気の端数でも、柚葉は強化できるな。

沙羅に神気を送ったように、柚葉に龍気を送れば、気は馴染むはずだ。

なぜなら柚葉は、龍神が単為生殖で生んでいる。柚葉の身体は、完全に龍神由来だ。

さらにムカデ神との戦いの際、柚葉は母龍の昇神によって強化されている。一度受け取れている以上、二度目が出来ないわけもない。

呪力目標は達成できそうだと考えた一樹は、次いで戦闘を思案した。

――不利な状況での戦いか。

これが実際の戦闘であれば、一樹は二人でB級中位に立ち向かわせたりはしない。万が一の敗北も起こり得ないように、槐の邪神と戦ったような総力戦で臨む。

A級下位の牛鬼と信君を正面に出して、B級中位の水仙は側面からの支援に使う。

B級上位の蒼依と、B級中位の沙羅は予備兵力だ。

そして柚葉と香苗は最後尾に下げて、B級中位の鎌鼬三柱に守らせるくらいする。

そのうえで、鳴弦を使い、相手を圧して攻め立てる。

だが二人が臨むのは、二枚目の霊符が壊れた時点で勝敗が決する安全な試合だ。

であれば、不利な状態で戦う経験を積ませることも、学びになるだろう。

一樹はエキシビションマッチについて、受けることを決めた。

「エキシビションマッチ、お受けします」

返答を受けた義一郎は、一樹と沙羅の表情を観察した。

「勝てる可能性を見出せたのかね」

「いえ、負けることも経験だと思っただけですよ」

「君の瞳は、反撃のタイミングを狙う狼の眼差しだ。それに仲間も、負けると思っていないね」

義一郎に話を振られた沙羅は、微笑みながら一樹の回答に合わせた。

「負けることが経験になると仰った一樹さんの意見に、賛同しただけですよ」

「楽しみにしているよ」

義一郎は楽しげな表情を浮かべながら、試合を手配すべく、内線で運営スタッフを呼んだ。

◇◇◇◇◇

二次試験から三日後の八月四日。

昨年と同じく、練馬区の光が丘公園で、陰陽師国家試験の三次試験が行われた。

一ヘクタールの試合会場が五つ用意されて、各会場で一〇試合ずつが行われた結果、概ね成績上位者が下位者に勝って、D級の国家資格を手に入れた。

一七位だったD級中位の小太郎は、八四位だったE級の受験生と対戦して順当に勝ち、花咲一族ならびに同好会の会長としての面子を保った。

二位と三位の香苗と柚葉は九九位と九八位に勝ち、一位の凪紗も一〇〇位に勝っている。


一位と一〇〇位の対戦では、一樹と晴也が戦ったような一方的な展開になる。

D級とE級の戦力差は、一〇倍の人数差にも等しい。

C級の五鬼童家などが出る年は、C級とE級との対戦で一〇〇倍差にもなる。

それでも協会は、『格上と戦えば一方的に負けると受験生達に知らしめ、無謀なことをさせない』意図を以て、力量差の明らかな試合もキッチリと行う。

かくして一方的な試合が三度も行われ、その勝者達が待機所に集った。

豊川稲荷と縁を持った香苗と、龍神の巫女らしき柚葉は、巫女服を着ている。

対する凪紗は、昨年の沙羅達のような簡易な山伏様の衣装に、薙刀を携えていた。

「もしかして、強くなりましたか」

凪紗の第一声は、柚葉の力を問うものだった。

凪紗と柚葉が顔を合わせたのは、三日前の二次試験で、作成した霊符の耐久力をプレス機で測っていた時だけだ。

その僅かな邂逅と比較して力の変化を推し量った凪紗に対して、柚葉は一瞬固まった。

「ど、どうしてでしょうか」

隣の香苗はポーカーフェイスを保つが、柚葉の動揺が配慮を台無しにしている。

「私には、分かります。龍気が増していますね」

それは柚葉と気で繋がる一樹が龍神から得た力の一部を譲り渡したことで起きた。

一樹にとっては端数だが、柚葉にとっては大きい。その結果として柚葉は、一時的に黒髪などに化けられなくなったが、過去はともかく、試験に出ている時点で正体は隠していない。

柚葉に助けを求められた香苗は、質問に質問を返す。

「その力は、霊視ですか」

「はい、少し違いますが、見鬼です。目を凝らして、意識を少しずらすと、視えますよ」

事も無げに力の一端を開示する凪紗に、香苗は困惑した。

「お二人の気は、妖狐と龍神で、C級中位。それと強い呪物を三つ持っていますね」

スラスラと言い当てられた香苗と柚葉はたじろぎ、半歩ずつ後退《あとずさ》った。

凪紗の琥珀色の瞳が、引いた二人を観察する。

「実は私、賀茂陰陽師を視に行ったこともあります。でも視えませんでした。それに賀茂さんは、私が見つからないと思ったはずの距離で、私に気付きました」

そこで言葉を切った凪紗は、一度溜息を吐いた。

「私も、花咲高校を受験したいのですが、反対されそうなのです」

天才の前評判に違わぬ力を示した凪紗には、ライバルとなるような存在や、関心を示す存在が少ないに違いない。

そのように香苗は理解したと同時に、一樹が凪紗の関心を惹いたのだと察した。

何かに惹かれて家を出る場合、帰って来ないことも有り得る。

まして一樹は男性で、凪紗は一歳年下の女性だ。自由恋愛の末に結婚でもしようものなら、五鬼童家であろうと連れ帰れなくなる。

凪紗の才能を考えれば、反対する一族の者も当然いるだろう。

納得しかけた柚葉と香苗に、凪紗は追加で告げた。

「最大の反対者は、沙羅姉です」

「……あーっ」

沙羅を思い浮かべた香苗は、大いに納得した。

沙羅が誰の方向を向いているのか、分からない人間は同好会には居ない。もちろんクラスメイトの九割も察している。

香苗から共感を得た凪紗は、残念そうに呟いた。

「沙羅姉は、親戚にも根回し済みです。どう思われますか」

凪紗と香苗の話を聞いていた柚葉は、表面上の質問に素で答えた。

「興味があって受験したいなら、気にせず受験しちゃえば良いんじゃないですか」

香苗が内心で「沙羅と五鬼童家が懸念しているのは、それじゃない」とツッコミを入れる中、受験の経験者である柚葉は堂々と言い切った。

「そうなのですか」

「陰陽師の資格を取って、中学も卒業すれば、独立で良いんじゃないですか。もしも縛られているなら、解放を依頼すれば良いと思います。本気の賀茂さん、五鬼童当主より強いと思いますし」

自身の体験を踏まえて無責任に宣う柚葉に対して、凪紗は大きく頷いた。

「心に留めておきます。あまり親しくすると攻撃し難くなるので、この辺で終わります。最初から本気で来ないと、すぐに負けてしまいますので、気を付けてください」

「はい、それでは後ほど。来年、待っていますね」

話を終えた凪紗が背を向けて去ると、笑顔の柚葉と困惑気味の香苗も、待機所を後にした。

◇◇◇◇◇◇

五つの会場が統合された、野球場五つ分のフィールドの端に移動した香苗は、指示を出した。

「最初から全力で飛んでくるって沙羅が言っていたから、こっちも短期決戦」

「はい、出し惜しみ無しですね」

二人は確認し合うと、香苗が二個、柚葉が一個の勾玉を取り出して握り、開始の合図を待った。

凪紗も反対の位置に着いて、薙刀を構える。

程なく、試合開始の青いランプが灯った。


すると凪紗の瞳が紅く輝き、呪力で背中に、天狗の翼が生み出された。

翼は金色で、天狗の始祖とされるインドの金翅鳥《こんじちょう》、竜を食べる鳥の王、仏教を守護する霊鳥を想像させる始祖の色だ。

あるいは天狗と化した崇徳上皇が金の翼を持っている。

香苗と柚葉が目を見張った次の瞬間、凪紗は地面を抉るように蹴り飛ばして踏み出すと、まるで砲弾と化したように爆発的な勢いで、一直線に突っ込んできた。

夏の陽光を浴びた薙刀が、白刃の輝きを放つ。

対する香苗は、勾玉を握り締めた右手を突き出して、式神術を唱えた。

『召喚、水行護法神！』

香苗が突き出した右手の勾玉には、C級中位分の呪力が籠められていた。

高度な儀式の祭具は、香苗に宿った魂の欠片を引き出し、世界に顕現させる。

眩い光が迸《ほとばし》った中心から、半径五メートルほどの空間に、光の粉雪が舞い散った。

そこから現れたのは、霊符作成試験で香苗が見た、日本刀を携えた二尾の白狐だった。

二尾の白狐は、迫り来る凪紗を見据えると名乗りを上げた。

「洞泉寺源九郎、参る」

抜刀した日本刀の刃先が、正面から飛び込んだ金翼の天狗の首を刎ね飛ばさんと、閃光のように振り抜かれた。

どれほどの人間が、その居合いを肉眼で捉えられただろうか。

人の瞬きが〇・三秒、カマキリが獲物を捕らえる速度が〇・〇五秒。そして瞬きの瞬間には、全てが終わっていた。

流線を描きながら振りかぶられ、閃光の如き速さで振り抜かれた刀に、薙刀の刀身が滑り込んでいたのだ。

二つの刃が重なり合い、剣戟によって白金の光が生まれていた。

そして引いた両者の武器が再び引かれ合い、瞬く間に幾度も打ち合った。

鬼神の膂力《りょりょく》と、大天狗の俊敏さとで振るわれる薙刀が、練達した二尾が操る刀と打ち合い、線香花火が輝くように、次々と火花を散らしていく。

『鬼火』

人外の領域で白狐と打ち合う凪紗の周囲に、拳大の炎が四個、浮かび上がった。

鬼火は、二個が凪紗を守り、残りが二尾の白狐と香苗に飛んでいく。白狐は、向かってきた鬼火を素早く躱すと、返す刀で瞬く間に斬り捨てた。

だが白狐の位置からは、香苗に迫る鬼火は、斬り払えない。

『召喚、金行護法神！』

香苗の左手から、新たな輝きが生まれた。

その光が収束すると、今度は弓矢を携えた二尾の金狐が、姿を現していた。金狐も、霊符作成試験で香苗が見た片割れである。

飛び出した金狐は、迫る鬼火を瞬く間に矢で射貫くと、凪紗に向かって新たな矢を射た。

射掛けられた凪紗は、残る二個の鬼火を向かわせて、反撃の矢を迎撃した。

白狐が近接戦闘を行い、金狐が矢で支援する間、勾玉を握り締めて瞑想していた柚葉にも、大きな動きがあった。

『神降ろし』

勾玉の呪力を用いた柚葉は、遠方にいる母龍の意識を喚び寄せていた。

虚ろになっていた柚葉の瞳に、やがて強い意志の光が宿る。

すると柚葉の口が開き、一樹も見知らぬ術が、紡がれた。

『不知火』

蜃気楼のように、柚葉の周囲に五個の灯りが、ユラユラと浮かび上がっていく。

それは青白い炎で、意志を持つかのように滑らかに動き回っている。

『鬼火』

柚葉の術を見た凪紗は、新たな鬼火を五個生み出すと、柚葉に向けて一斉に撃ち出した。

対する柚葉も灯りを撃ち出して、両者の炎が次々とぶつかり合った。


凪紗はB級中位で、柚葉は勾玉で呪力を強化してもC級上位。

両者の呪力は五倍差で、凪紗の鬼火は、柚葉の不知火を圧倒した。

それでも不知火は、五個で鬼火二個を打ち消した。衝突した炎が炸裂し、試合会場に次々と爆炎を撒き散らしていく。

激しく炸裂した火球の間から、残った三個の鬼火が飛び出して、柚葉に迫っていく。

『不知火』

神懸かりの柚葉は、瞬く間に新たな不知火を生み出して、鬼火に向かわせた。

流れるように飛んでいった新たな青い炎は、鬼火のうち二個を消滅させた。それでも消しきれなかった一個の鬼火が柚葉に直撃して、柚葉の身体が白く輝いた。

すると数秒後、会場に灯されている柚葉側のランプが、青色から黄色に変わった。

柚葉が使用している三枚の守護護符のうち一枚が、破壊された表示である。

「呪力が足りぬ。ムカデを喰らって、力を取り込んでおらぬからじゃ。一度戻ってくるか」

言葉を発した柚葉は、なぜか涙目になった。

その間も、鬼火を放った凪紗に対して、白狐と金狐は攻撃を続けていた。

二尾の狐達の攻撃は、自身の犠牲を一顧だにしない特攻だった。

疾走した白狐の刀が、凪紗の胸元に迫る。凪紗は金色の翼で上空に飛ぶが、白狐は大地を蹴って高く跳躍すると、さらに空中を蹴った。

『水蜘蛛』

二尾の白狐は、空に水の固い足場を生み出していた。

それを蹴り飛ばして二重に跳んだ白狐の刀が、凪紗の首筋に滑り込んだ。

白狐の刀に籠められた必殺の呪力が、斬られた首から、凪紗の身体に注ぎ込まれる。

「うぐっ」

呻いた凪紗の身体が輝き、守護護符の一枚が破壊された。

途端に凪紗側のランプが、青色から黄色に変わる。

だが凪紗は、斬られながらも薙刀を振りかぶり、上段から鬼神の腕力と呪力とで振り抜いた。

使っている一〇倍の呪力を浴びせられた白狐が、空から叩き落とされて、大地に衝突する。勾玉に籠めていたC級の呪力が掻き消えて、白狐は消滅した。

「一体目……っ⁉」

『封魔』

凪紗と白狐の身体が離れた瞬間、金狐は狙い澄ました矢を射た。

鋭く放たれた矢は、凪紗の身体に吸い寄せられていき、凪紗が呪力で生み出していた右の翼を見事に射貫く。

それは単なる矢ではなく、破魔の術を籠めた特別な矢だった。

破魔矢によって、金の片翼を封じ込まれた凪紗は、大地に引き摺り下ろされていく。

『鬼火』

『不知火』

凪紗は片翼で滑空しながら、柚葉に五個の鬼火を飛ばした。

そして柚葉が迎撃に手一杯となる間、降り立った凪紗は薙刀を構えて、金狐に飛び掛かった。

襲い掛かられた金狐は、素早く跳び退きながら矢を射た。

射られた凪紗は、矢を鬼火で受けながら、さらに追い縋る。

金狐は次々と矢を射るが、凪紗はダメージを負いながらも強引に迫り、ついに薙刀の刺突で金狐の首を貫いた。

金狐の首を貫いた薙刀が大きく振るわれて、振り飛ばされた金狐の姿が、虚空に掻き消える。

「二体目っ！」

凪紗には、余裕があったわけではない。

金狐が消えたとき、凪紗と柚葉の守護護符は一枚ずつ減っており、どちらも二枚目を多少消耗させていた。

「…………はぁっ、はぁっ」

浅く呼吸する凪紗が次に狙ったのは、二尾の狐達を失った香苗だった。

二尾の狐達が前衛と後衛を担い、柚葉が術で援護する間、香苗はろくに動けていない。戦闘能力があれば支援したはずで、香苗は典型的な式神使いだと判断できる。

余計なことをされる前に倒してしまうべきと判断した凪紗は、薙刀を振りかぶりながら、無防備になった香苗に容赦なく飛び掛かった。

抵抗する術を失った香苗が、一方的に打ち据えられるかと思われた瞬間、凪紗の周囲に猛吹雪が生まれて、視界を覆い尽くした。

「雪菜！」

猛吹雪の中から現れたのは、陽光が反射して煌めく雪女だった。

冷然と凪紗を見据えた雪女は、凍える世界の全域に、雪と氷を生み出した。

『氷雪華』

凪紗を覆う世界の全方位から、雪と氷の弾丸が襲い掛かってきた。

鬼火が間に合わないと判断した凪紗は、香苗に向けていた薙刀を雪女に向けて振り抜いた。

振り抜かれた薙刀が、雪女の身体に触れようとした瞬間、雪女は吹雪と化して自ら消える。

「ふふふふふっ、あはははははっ！」

氷の礫となった雪女が、笑いながら凪紗の全身を打つ。

氷弾の大半は、凪紗の纏う鬼神の気に弾かれた。

だが翼を封印された凪紗の右肩だけは、気を纏えずに、打たれるがままとなった。

それは矢を受けて消耗していた凪紗の守護護符に、トドメとなる打撃を与えた。

「香苗、呪力が尽きたわよ。もっと気を高めて……でも勝ちね」

そう言い残した雪女と雪原が消えた時、凪紗側のランプは赤く灯されており、会場には試合終了のブザーが鳴り響いていた。

呪力を使い果たした香苗は座り込んでいるが、香苗を示すランプは青色のままだ。

柚葉も煤塗《すすまみ》れだが、二枚の護符を残したランプは、未だ黄色く光っている。

一三〇〇年の歴史を持つ、A級常連の五鬼童家。そんな五鬼童家でも、天才と知られる凪紗を、陰陽術を習い始めて四ヵ月、呪力も格下の二人が下した。

中継を介した会場のざわめきが、波紋のように広がっていった。

◇◇◇◇◇◇

桓武天皇（在位七八一年～八〇六年）の時代、雨乞いのために、仙術を会得した雄雌の狐の皮で『初音の鼓』が作られた。

それが四〇〇年後、後白河法皇から源義経に下賜され、愛妾《あいしょう》の静御前に渡される。

静御前が鼓を打つと、その音を慕い、鼓となった狐夫婦の子狐が追ってきた。

静御前の危機を幾度も救った子狐は、やがて源義経に正体を暴かれるが、全ての事情を話すと、自身も親と引き離された義経の同情を買い、義経の仮名『源九郎』と共に、鼓を譲り渡された。

二親に、別れた折は何にも知らず、
一日々々経つにつけ、暫くもお傍にゐたい、
産みの恩が送りたいと、思ひ暮らし泣き明し、
焦れた月日は四百年。雨乞い故に殺されしと、
思へば照る日がエ、恨めしく、曇らぬ雨はわが涙。
『義経千本桜』(一七四七年)

慶長二〇年(一六一五年)に起こった『大坂夏の陣』では、大和郡山藩の城下が、豊臣方の大野治房に焼き払われそうになると、源九郎が大雨を降らせて、郡山の町と人々を守る。

だが徳川方に味方したとして、豊臣方に毒殺されてしまった。

奈良県の大和郡山市、洞泉寺町には、源九郎稲荷神社が作られている。

以降、源九郎の魂は豊川稲荷にあったが、香苗が捧げた歌唱奉納に、かつてを偲《しの》び、最期に魂の欠片を託した。

源九郎は黙して語らず、香苗は知らない。

第六話　逢魔時

国家試験から四日後の八月八日。

花咲高校の陰陽同好会は、瀬戸内海クルーズにやってきた。

これは国家試験の打ち上げで、小太郎達を労うためだ。

「それでは、全員合格おめでとう。乾杯！」

「「「「乾杯」」」」

労う側となる一樹の音頭に合わせて、同好会員が持ち上げたコップを軽く合わせた。

コップを合わせるのはマナー違反という話もあるが、高校生同士が仲間内で行う乾杯であり、指摘する人間はいない。

そもそも乾杯をしている場所は、瀬戸内海に浮かぶ幽霊巡視船のヘリコプター甲板だ。一樹が乗せない限り誰も来られない。

「個人で持つには、巨大すぎないか」

初乗船した小太郎は、幽霊巡視船の巨大さに呆れて訴えた。

一樹が巡視船を式神化した動機は、世界にゾンビが蔓延した時の避難先確保である。

避難先が小型船だと、数日でつらくなるだろう。

だが全長一一七メートル、三〇階建てのホテルに匹敵する巨大船であれば、長期滞在も可能だ。

ホテル自体が移動できて、世界中の海を航行できるのだから、飽きることもない。

もちろん本音を言えば呆れられるので、一樹は言葉を取り繕った。

「B級の幽霊海賊船を調伏するなら、A級の対抗手段が必要だ。陰陽師が妖怪と戦う安全マージンは、一ランク差だからな」

みやこ型巡視船の所有と自由航行は、瀬戸内海の幽霊海賊船を調伏する引き替えに、政府からお墨付きを得ている。

一樹が行うのは、呪力の供給。

あとは式神となった幽霊巡視船と巡視船員が、仕事をする。

すなわち一樹がバーベキューをしていても、巡視船は勝手に仕事をしてくれる。


現在の行動の建前としては、『幽霊海賊船を調伏するため、新任陰陽師と助手を連れて、瀬戸内海にやってきた。仕事が長時間になるため、船上で食事を摂っている』となる。

折りたたみ式のバーベキューグリルを二つも持ち込み、ジュースやお茶を入れた紙コップで乾杯したところで、誰も文句は言わない。

陰陽師は、妖怪を調伏するという結果が全てなのだ。

「C級でB級を倒しましたけれど、あまり騒がれないのは意外でした」

本来は有り得ないジャイアントキリングを果たした香苗が、不思議そうに訴えた。

エキシビションマッチでの戦いを回想した一樹は、高級肉を焼きながら答えた。

「受験生個人への突撃取材は、禁止されている」

中継を見たマスコミは頻《しき》りにニュースを流したが、香苗の家への突撃取材はしなかった。

メディアが優秀な陰陽師に取材攻勢を掛け、おかしな発言を引き出して切り取って叩き、引退に追い込んだならば、どのような結果に至るのか。

戦力が減った陰陽師に犠牲者が増えて、将来的には妖怪に国土を奪われて、国民も多数が死ぬ。

現在の日本は国土の三分の二が妖怪の領域だが、これは人間側が最善の行動を採った結果ではない。ルールを破るマスコミは、人を殺す妖怪の味方をしている。

「協会のトップスリーは、人外、かつ数百年前の倫理観だ。自分達の身を守るためには、キッチリとやり返すんじゃないか」

協会が政府の傘下に戻るようにと強要された時、宇賀は役人を諦めさせている。

口で言っても諦めるはずがないので、実力行使もあったはずだ。

一樹が当時の出来事を知っているわけではないが、諦めさせる手段であれば思い浮かぶ。

強要した人間相手の素性を調べるのは簡単で、相手には見えない霊を憑ければ良い。

A級陰陽師であれば、露見しない霊を一〇〇〇体単位で使役できる。

豊川であれば、香苗に魂の欠片を託した狐達のような狐霊を一〇〇〇体も使っていた。対抗できる人間は、一樹を含めていない。

敵対組織の構成員達の自宅、配偶者や子供などが分かれば、いよいよ実力行使だ。

家を焼いたり、呪いで家族の身体を動けなくしたりするくらいは簡単で、霊の仕業であれば、物的証拠など残らない。

「そもそも陰陽師協会は、平和的な組織ではない」

「妖怪を調伏しているから、それは分かりますけれど」

裏方が実力行使に出る場合、まずは相手と絶縁する。

次いで絶縁されたメディア側の人間には、なぜか呪われる人間が続出するようになる。

メディア側が事件の調査や解決を訴えても、警察には霊障の調査能力が無い。そして協会側は、絶縁した相手の依頼を拒むように傘下へ通達するだろう。

メディア側の人間は、実行犯のみならず、指示を出した人間や関係者も次々と呪われていき、仕事どころか日常生活すらままならなくなる。

だが『人を殺して国土を侵食する妖怪の味方側』が死んだところで、協会にとっては仕事がやりやすくなるだけだ。

——どこまでやっているかは知らないけれど、突撃取材を行えなくするのは簡単だ。

過去に分からされたマスコミは、協会が禁止するラインを踏み越えては来ない。

その代わりに警察と同様、協会にも広報担当者がいて、そちらが窓口として応じる。

今回も協会本部は対応しており、香苗と柚葉の所属する高校は花咲傘下で、二人は二重に守られていた。

「肉が焼けてきたな」

自分で焼いた肉を取った一樹は、それを焼き肉のタレに漬けた。

「お肉、美味しそうですね」

「ああ、高いのを頼んだからな。花咲理事長のポケットマネーで！」

一樹が宣うと、小太郎が苦笑した。

同好会の打ち上げ予算は、花咲理事長のポケットマネーから出ている。

陰陽師としての序列は一樹が上だが、今回は花咲高校の同好会の活動だ。合格者には理事長の息子の小太郎もいて、一樹は八咫烏達を使った特訓も行った側だ。

息子が合格したのであれば、それを手伝った同級生に父親が焼き肉を奢ったところで、おかしな話ではない。

「遠慮はいらない。高校だけではなくて、花咲グループも儲かるからな」

「そうなんですか」

小太郎の話に香苗はピンときていないが、今回の勝利の結果、花咲グループに対する世間からの信用が上がった。

直接的な利益を求めるのであれば、霊障物件を花咲が買い取って除霊させ、転売すれば良い。花咲が絡んだ物件なら、安全だと思われて、価格が戻って儲かる。

副次的には、競合他社があれば、一般人は花咲のほうが安心だと思って選択するようになった。

売上高一兆規模を誇る花咲グループは、売り上げが一パーセント上がるだけでも数百億円。非公開の株式を一手に握る理事長も、相当に儲かる。

同好会に一〇〇〇万円掛かっても、理事長は同好会で一〇〇倍は儲かる。今回の場合は、花咲に一〇〇倍以上の利益を出させて、その見返りとして一部を還元させた形だと考えても良い。

理事長の奢りで、心置きなく買ったブランド牛のカルビは、香りが良く、脂に甘みが感じられて、食感が素晴らしかった。

「食べやすくて旨い。流石は花咲家」

「一体どの部分が、流石なんだ」

脈絡もなく宣った一樹に対して、小太郎がツッコミを入れた。

「いや、この六〇〇グラム三万円のカルビが、凄く旨いんだ」

「それは旨いだろうな。だが味については、花咲家ではなく、畜産農家を褒めておけ」

「畜産農家の田中、お主、やりおるのう」

「どこの、どいつだ」

貧乏暮らしの長かった一樹は、稼げるようになった後も、食に関する贅沢はしていない。そんな一樹にとって、奢りの高級カルビは、ボケてみせるほどに素晴らしいご褒美だった。

焼き肉に続いて、ホタテを乗せた一樹の左隣で、沙羅が感慨深げに述懐した。

「まさか、凪紗に勝つとは思いませんでした」

「確かに、凪紗は強かったな」

柚葉と香苗は勝ったが、勾玉三個を使い、神降ろしと、二尾の狐達を投入しての戦果だ。

それでも『守護護符二枚が破壊されたら敗北』のルールが無ければ、二人は負けていた。

護符に籠められる力と、本人の防御力とは異なる。B級中位の凪紗は、C級中位の二人を防御力でも圧倒していたはずだ。

鬼火を五個同時に飛ばした才能も、恐ろしい。

神降ろしをした柚葉も龍の術で対抗したが、そちらは千歳を遥かに超える龍神の力を借りた。

凪紗の才能におののく一樹の耳元に口を近付けた沙羅は、小声で一部の種明かしをした。

「鬼火は、意識が消えた浮遊霊の霊魂です。式神と同じで、気を与えて命令すれば、勝手に動きます。数を動かすのに必要なのは呪力で、才能は関係ありません」

吐息が耳に掛かって、一樹はくすぐったそうに身震いした。

悪戯っぽく笑いながら沙羅が離れると、蒼依が醤油を持って近付いてきた。

「ホタテに醤油は掛けますか」

「ああ、少しで良いぞ」

沙羅との間に割って入った蒼依が醤油を垂らして、ホタテは香ばしく焼けていった。

その間に一樹は、沙羅から聞いた鬼火について考えた。

鬼火のメリットは、術者がダメージを負わず安全に戦えることだ。

自動で複数の対象に向かってくれるのだから、足りない手数も補える。

逆にデメリットは、籠めて放った分だけ呪力を消費することだ。

薙刀であれば呪力を消費しないので、鬼火を使わないほうが長続きする。

式神使いのように鬼火を使えて、近接戦闘も可能で、空すら飛べる凪紗は、汎用性が高い。呪力がA級に届いて、B級上位の妖怪を一体でも倒せば、確実にA級認定されるだろう。

もっとも現在の沙羅は、凪紗と同じB級中位の力を持っている。

地蔵菩薩の神気と、龍神の加護も纏っており、特性では凪紗の上を行く。

そして奥の手として翡翠製の勾玉を持つので、凪紗にも勝てる。

「凪紗は、すぐにB級認定されるだろうな。沙羅自身のB級については、どう思う」

「もちろん、一樹さんの都合が良いほうにしてください」

不意に一樹が尋ねると、沙羅は即答した。

手に持っていた皿に焼けたホタテを乗せられた一樹は、それを箸で摘まみながら呟いた。

「柚葉と同格扱いも微妙だから、そろそろB級に上げるか」

「何か非難されたような気がします！」

耳聡く聞きつけた柚葉の抗議を無視して、一樹はホタテを頬張った。

◇◇◇◇◇◇

『死者には、葬式を行う親族がいない無縁仏が存在する』

日本における無縁仏は、およそ三パーセントだ。

一〇〇人が死ねば、そのうち三人は、誰も引き取り手がいない。

それら無縁仏は、誰からも供養されないために、怨霊化し易くて危険だ。

そのため無縁仏は、自治体が引き取り、国が管理する人里離れた霊園に供養している。

戦後、妖怪の領域を次々と切り取った日本は、切り取った土地に大きな霊園を設けた。

住宅地に霊園を作らないのは、怨霊が出て人を襲うと、被害が出るからだ。危険なものは、なるべく離れた場所に置きたい。

かくして僻地に霊園が設けられ、厚生労働省の所管で僧侶を置き、無縁仏も受け入れている。

富士山にある富士霊園も、その一つだ。

普段は人が寄り付かない墓場だが、さすがにお盆の時期には、人の姿も多くなる。

そして人が集まるお盆の前には、受け入れるための準備が行われている。

「御坊、いつもご苦労さまです」

富士霊園の僧侶に声を掛けたのは、ヨレたスーツを着崩した中年の男だった。

袈裟を着た同世代の僧侶に向かって、気軽な口調で片手を上げる。

「お務めで御座いますので」

答えた僧侶は、数珠を持ちながら、両手を合わせて一礼した。

僧侶の周囲には、半ば土に埋まった墓石が、雑草を被って並んでいる。

管理が行き届いているとは、とても言い難い。

だがスーツ姿の男は一瞥しただけで、何も指摘しなかった。


日本では、自然死と妖怪被害を併せて、一日に約三〇〇〇人が亡くなっている。

そして富士霊園には、静岡県と近隣から、一日三人以上の無縁仏が送られてくる。

複数の遺骨を同じ墓に入れる合祀墓で、埋葬する空間を小さくする粉骨もしなければ、供養する時間も場所も足りない。

僧侶は、雑草を刈るどころではないのだ。

怨霊が溢れ出ていないならば、僧侶は求められる仕事を行っている。

——それ以上を求めるならば、求める人間が金を出して増員させるなり、別々の墓を用意して掃除するなりすれば良い。あるいは本人が出家して、墓に向かって、読経する方法もある。

B級不在の静岡県に赴任する引き替えに統括となった男は、そのように考える。

——他人に対して、金銭・地位・名誉・そのほかの見返りを何ら提示せず、タダで必要以上に働けと求めるほうがおかしい。

そもそも霊園は、厚生労働省が所管している。

協会が過度な口出しを行えば、政府とのトラブルの元になりかねない。

国は、協会に仕事を移管させて、責任を負わせたいのだ。

だが、外敵から国民を守るのは、国家の仕事である。

協会の陰陽師は、たまたま霊園で見つけた霊障を祓っているだけ……という建前で動いている。

「怨霊が発生しそうな墓は、ありますか」

「六ヵ所でございます。どうしても数ヵ所は出てしまいまして、申し訳御座いません」

霊園で無縁仏を供養させるのは、所管する省庁と任せられた僧侶の仕事だ。

だが陰陽師協会も野放しにせず、各地の統括に確認させている。

僧侶が頭を下げると、静岡の統括は苦笑した。

「一〇万人規模の霊園で、霊障が一件も発生しないなど、逆に有り得ません。手短に片付けて、受け入れの準備をしましょう。お盆は忙しいでしょうからな」

「よろしくお願いします」

数百年来の墓地であれば、過去の霊障被害と、それに対応した祀りや慰霊が存在する。

一方で新設された巨大な霊園には、過去の積み重ねがない。

そのため協会の介入以前は、各地の霊園では霊障の発生が当たり前だった。

それに対して宇賀は、被害が出てからしか動かない行政の仕事ぶりに呆れた。

『事前に予想して防ぐ能力は、あと五〇〇年くらいは、身に付かなそうね』

行政の体質に見切りを付けた宇賀は、常任理事会で諮《はか》って、協会を動かした。

そして各地の統括者に「毎年、直接確認しなさい。調伏予算は、協会で出すわ」と指示した。

B級陰陽師や、ベテランのC級陰陽師である統括者が直接視れば、大抵の異常は察知できる。

宇賀が指示して以降、全国の霊園で発生する霊障は激減した。

厚生労働省からは問い合わせもあったが、宇賀は「単なる散歩と偶然の調伏」だと回答して、取り合わなかった。

霊園の管理責任は、所管省庁にあって、協会に丸投げされる気はない。

そして省庁の体質を考えれば、被害が出る前に予想して動けと言っても、無駄だ。

したがって宇賀は、勝手に被害を激減させたうえで、黙殺したのである。

「こちらが一つ目の墓でございます」

案内された静岡統括の高倉も、宇賀の指示に従っている。

統括には、協会本部の予算から依頼料が出ている。

祓った霊障に対する査定は、統括者自身が行う形で、手間賃として多少の色を付けても良いとまで言われている。

統括者は、各都道府県の責任を負う代わりに、美味しい面もあるように調整されている。

責任だけ重くて報酬は低い状況など、宇賀が蹴り飛ばしてでも止めさせる。

引退後の収入や名誉職も、相応に用意されていて、統括者になれば一生安泰だ。

子孫だって、『過去に統括者を出した家の陰陽師』として配慮される。そして配慮するのは、数百年を生きている宇賀達だ。

宇賀に子孫まで保証されている各地の統括は、誰もが宇賀に指示された仕事は熟す。

高倉は、印を結ぶと、気を籠めて呪を唱えた。

『急急如律令』

放たれた力が、墓に宿っていた怨霊化しそうだった霊を掻き消した。

供養とは異なり、力で消滅させる形だが、僧侶の読経で成仏しないのだから仕方がない。

――強引な手法に文句があるなら、代わりに霊の生前の未練を聞いてやり、問題を解決して、成仏させてやれば良い。一日三人ずつを一生、続けられるならな。

当事者が死んでいる過去の問題は、必ずしも解決できるとは限らない。

一日三人以上の無縁仏が送られてくる中、一日にどれだけの問題を聞き取り、解決できるのか。

いくらなんでも全員は、無理だろう。世の中には、どれほど丁寧に対応しても、解決できない問題だってある。

それでは無念を抱えた霊を差別するのか。

すると差別された側の無念は、大きくならないか。

――全員の問題を解決するのは不可能なのだから、祓うしかない。

それが高倉の結論である。

『急急如律令』

怨霊化しそうな霊体を祓って回った高倉は、ふと僧侶に語った。

「遅くとも一年以内に、静岡県の統括陰陽師が、代替わりをします」

「おや、高倉様は、未だ五一歳では御座いませんでしたか」

不思議そうに首を傾げた僧侶に向かって、高倉は苦笑した。

「私は、繰り上がりです。後任は、殉職した前統括の息子さんです。大学四年生で、二一歳の若者ですが、卒業に前後してB級に上がります。実力的には、仕方がありませんな」

「それは残念ですな。一〇年来のお付き合いでしたのに」

乾いた笑いを口にした高倉は、やがて肩を竦めた。

「前統括が鬼に殺され、殺した鬼は見つからず、彼は残された妖気を手がかりに、探しています。そのため静岡県に赴任を希望し、協会も叶える形です。私は退職金と名誉職を頂いて、引退となるわけです」

「……お父上が殺されているのなら、鬼を見つけても危ないのではありませんか」

「普通はそうですが、常任理事会が手を貸せば、悲願も果たせるでしょう」

最後の霊を祓った静岡統括は、僧侶に向き直って告げた。

「B級の昇格時期は、五月と一一月です。ですから来年は、後任の統括が来ます。御坊には、赴任直後から色々と教えて頂いて、世話になりましたな」

「こちらこそ、大変お世話になりました」

手を貸していた立場の高倉は軽く、貸されていた立場の僧侶は深く、それぞれ頭を下げた。

やがて霊を祓い終えた高倉が霊園から去り、一時間は経ってから、誰もいなくなった霊園で僧侶は残念そうに呟いた。

「ここまで、ですかぁ。次の者が、下見に来ないとも限りませんし、仕方がありませんなぁ」

一度目を瞑った僧侶は、ゆっくりと開眼しながら、野太い呻き声を上げた。

「おぁあああああっ」

呻き声と共に、僧侶の身体は醜陋《しゅうろう》で、黒い身体、朱い髪、獣の牙、鷹の爪を持った鬼へと変貌していった。

その姿は、インドの三大鬼神である夜叉、阿修羅と並ぶ、羅刹であった。

中国の『文献通考』（一三〇七年）に載る、男の羅刹は、まさに醜陋な黒鬼だ。


『地獄の獄卒は、すべて羅刹と呼ばれる』

インド神話でヤマと呼ばれ、中国や日本では閻魔と呼ばれる存在を描いた『焔魔天曼荼羅』では、八万の獄卒が、一八人の将官に率いられている。

八万の獄卒は、すべて羅刹と呼ばれる。

牛頭馬頭なども、羅刹に含まれる。

僧侶から変じたのは、地獄に数多いる獄卒と同等の一体であった。


日本で有名な羅刹は、岩手県盛岡市に伝わる三ツ石の羅刹だ。

かつて盛岡で、羅刹鬼なる存在が里を荒らした。

そのため人々が三ツ石神社に願を掛けて、羅刹鬼を捕らえてもらった。

羅刹鬼は「二度とこの地を踏まない」と約束して、神社の神は証文として三ツ石に手形を押させた。

鬼が来ないと約したことから、その地域は鬼が来ない「不来方」と呼ばれるようになった。岩手の県名自体も、鬼が岩に手形を押したことが由来と伝えられている。

また村人達が、鬼が来ないことを「さんさ、さんさ」と喜んで感謝の踊りを捧げた。

日本において羅刹は、東北四大祭りの一つである「さんさ踊り」の起源にもなった。

「あぁ、あぁ……」

日本の羅刹と、中国ひいてはインドから伝わった羅刹とは、同じ存在だ。

東北地方に伝わる『船形山手引草』によれば、神武天皇（紀元前六六〇年即位）から数代後、貪《とん》多《た》利《り》魔《ま》王《おう》なる存在が数万の悪魔邪神を率いて、日本に攻め込んだと記されている。

すなわち羅刹には、中国から来た記録がある。


四体の魔王のうち、貪多利魔王は下った。

だが残る荒ラ獅子魔王、烈風魔王、天竜魔王は逃げ延び、配下の一部も逃げて、それらと子孫が日本に土着した。

詳しく学んだ陰陽師であれば、僧侶が変貌した姿は羅刹であることが判別できたはずだ。

僧侶が侵攻して敗れ、落ち延びた後に三ツ石神社で敗北した羅刹であるのか、それとも別の個体であるのかは、流石に判別できないだろうが。

正体を現した羅刹は、霊園内にひれ伏すと、そのままの姿勢で訴えた。

「荒ラ獅子魔王様、申し訳ございませぬ。この地で贄を捧げられるのは、ここまでのようです」

羅刹の声が霊園に響くと、虚空から羅刹とは別の声が返ってきた。

『よい。この地では、わずかな間であったが、効率良く溜められた』

許しを得た羅刹は、伏したまま次の言葉を待つ。

『かつてに比べて、人間は一〇〇倍も増えた。あの頃まで減らねば、神仏も介入するまい』

「ははあぁっ」

『余は、再び顕現する。この霊園を贄に、復活の狼煙を上げよう』

「おおぉっ。この羅刹、復活の時を渇望しておりました！」

虚空の主が告げると、羅刹は声を震わせて歓喜した。

◇◇◇◇◇◇

瀬戸内海のクルージングから帰った日の深夜。

身体に怖気が走った一樹は、熟睡状態から不意に覚醒した。

ベッドから置き時計に手を伸ばし、点灯させたところ、時間は深夜二時を過ぎたところだった。

深夜二時から二時半は、藁人形に釘を打ち込むのに最適な丑三つ時である。

——真夜中か。

八月一〇日は、夏休みの真っ最中だ。

だが相川家のライフスタイルは、昼夜逆転しているわけではない。夜中に動き回れば、蒼依に迷惑が掛かる。

そのため一樹は、スマホを手にしてニュースを検索した。

だが生憎と、発生源が都市部でもない限り、深夜二時過ぎに何かが発生したところで、即座にニュースに載ったりはしない。

一樹は感覚を研ぎ澄ませて、花咲市を見渡すイメージで気を飛ばした。

――花咲市ではないな。

気を感知することに関して、一樹はほかの陰陽師の追随を許さないと自負する。

それは地獄にいた頃、責め苦を行う獄卒の鬼達の動きを感知し続けてきたからだ。

長年続けていれば、意志とは無関係に、魂に刻み込まれる。一樹よりも感知できる者など、居るわけがない。

感知範囲を広げた一樹は、市内全域に一樹を殺せるほどの脅威は無いと断じた。

A級である花咲家の犬神は感じ取れたが、それが襲ってくることは有り得ない。就寝中の一樹が襲われるような脅威は、市内には存在しない。

だが遠方でありながら一樹を起こしたからには、最低でも一樹以上の力を持つとも判断した。

「明日……今日は、面倒になるな」

これから数時間は、事態が判明しないと思われる。

一樹が呼ばれるとしても、朝以降の話だ。

その際に徹夜なのか、睡眠を取った状態なのかは、対応能力に大きく影響する。

念のため、幽霊巡視船員の夜番を増やさせた一樹は、再び眠りに就いた。

◇◇◇◇◇◇

およそ六時間後。

一樹は相川家にある自分の事務所で、テレビの緊急報道番組を視聴していた。

深夜に起きた原因については、テレビが頻りに伝えている。

『本日五時一七分、妖怪災害による避難命令が発令されました。該当地域の皆様は、直ちに避難してください』

テレビのテロップには、避難の対象地域も流れている。

静岡県は、小山町、御殿場市。

山梨県は、富士吉田市、山中湖村、忍野村。

神奈川県は、山北町。

『避難範囲は、拡大される可能性があります』

テレビの中継ヘリが流している映像は、静岡県の北側、富士霊園などがある小山町の上空だ。

小山町の田園地帯には、大きな建物が見当たらない。

そんな長閑な地域で、龍のような怪物が、蛇のように這いずっていた。

大きさは、一樹が使役している全長一一七メートルの幽霊巡視船にも匹敵するだろうか。

三〇階建てのオフィスビルほどの巨大な怪物は、大地に這いずった跡は残さずに迷走している。

付近には、道路脇に停車した車があり、幾人かの住民も倒れ伏していた。

倒れた人間は、一見すると無傷だが、ピクリとも動かない。

一樹がインターネットで調べたところ、小山町の西側には、陸上自衛隊の富士演習場があった。

富士演習場には、滝ヶ原駐屯地、板妻駐屯地、駒門駐屯地など、沢山の駐屯地も連なっている。

普通科教導連隊、教育支援施設隊、教育支援飛行隊、第三四普通科連隊、第三陸曹教育隊、機甲教導連隊、特科教導隊、第一高射特科大隊、第一戦車大隊……等々。

教導と付くのは、ほかの部隊を教育するエリート集団だ。

龍が迷走しているのは、自衛隊でも優秀な部隊が、怪物に砲撃を行っているからだと思われた。

「実体を持つ妖怪なら、おそらく倒せるだろうけどな」

近代以降の兵器は、妖怪に対して、目覚ましい戦果を挙げている。

だがテレビ映像からは、今回の相手は、実体を持っていないように見える。

砲撃が、蜃気楼を通過するように通り抜けていくのだ。

攻撃を続ける自衛隊も、物理で仕留めるのは難しいと判断している。

そして現在は、国民を避難させる時間を稼ぐ一方で、政府を経由して協会に対応を求めてきた。

そのため協会は、オンラインで臨時の常任理事会を開催するに至った。

『それでは会議を始める。諏訪様と豊川様は欠席されるが、宇賀様が委任されている』

協会長の向井が宣言して、珍しい形式での常任理事会が始まった。

一樹の机のモニターには、協会の常任理事七名のうち、序列一位の諏訪と、序列三位の豊川を除いた五名の姿が映っている。

テレビを消音にした一樹は、自身から送る音声はオフにしたまま、協会長の話に聞き入った。

『まずは宇賀様より、あの怪物についてご説明がある。宇賀様、お願いします』

協会長に話を振られた宇賀は、軽く頷いてモニター越しに話し始めた。

『あれは、蜃気楼を発生させる妖怪・蜃よ』

断言した宇賀に、あらかじめ聞いていたであろう協会長を除く全員が驚きの表情を浮かべた。

――人魚の予知か。

根拠に思い至った一樹は、その利便性に感心すると同時に、宇賀の境遇に同情した。

数百年も若いままに生きられる肉と、精度の高い予知能力を併せ持てば、権力者に狙われるのは必然だ。人間の力が増すごとに、宇賀が自由に生きられる範囲は狭くなっていく。

宇賀の判断の根拠を理解した一樹は、次いで蜃について思い馳せた。


蜃は、中国前漢の武帝の時代（紀元前）に司馬遷が記した『史記』天官書に載る。

『海の傍の蜃の気は、楼台（建物）をかたどる』

すなわち蜃気楼とは、蜃が吐く気で生じる光景だ。

蜃気楼を生み出す蜃とは、龍の成長途中である蛟竜《こうりゅう》と同じ属に分類される。

属について人類で表すならば、現代人と、一〇〇万年ほど前に分化した原人達が、同じ属だ。

脳が現代人の半分で、身長も最大で一三五センチメートルほどのホモ・ハビリスは、現代人と同じ属に分類される。

その両者と同様に、蛟竜と蜃は、似て非なる存在だ。

『蜃は、大きな龍の一種だと思ってくれて良いわ』

書物によっては、ハマグリが妖怪・蜃と間違われることもあるが、それには理由がある。

蜃という漢字は、『大ハマグリ』を表すが、元々『ハマグリ』は、辰と書かれていた。

辰は、ハマグリが貝殻から足を出している象形文字だった。

だが辰は、十二支の龍として使われるようになった。そのためハマグリは、辰に虫を付けて、蜃と呼ばれるようになった。

『史記』と同時期に編纂された『礼記』では、蜃に龍とハマグリの二説があるのは、ハマグリの蜃が、龍の蜃と同名であるために混同された間違いだと記されている。


中国の薬学書であり、世界記憶遺産にも登録された『本草綱目』（一五七八年）には、龍の蜃が吐く気や、その脂で作った蝋燭の炎の中に楼台を現す様子などが細かく記されている。

それに対して、ハマグリの蜃は、海産物として食べ方などが載っている。

どちらが蜃気楼を生み出す蜃であるのかは、中国の『本草綱目』を読んでも明らかだ。

――ハマグリが、蜃気楼を吐くわけがない。

龍とハマグリの両方に蜃という漢字を使う『本草綱目』は、一六〇七年に日本にも輸入されて、徳川家康に献上されて研究されている。

そして本草学者（医薬学者）の貝原益軒による本草書『大和本草』（一七〇九年）では、蜃を龍の一種だと記した。そのため、当時の知識層には、蜃が龍の一種であると正しく伝わった。

だが、鳥山石燕の妖怪画集『今昔百鬼拾遺』（一七八一年）では、「蜃とは大蛤なり」と、解釈を間違えてしまった。『礼記』や『本草綱目』、ハマグリを蜃に変えたことを知らなかったのだ。

そんな『今昔百鬼拾遺』の知名度が大きすぎて、庶民には誤解が広がった。

そのため蜃には、龍の説と、勘違いのハマグリ説がある。

人間側の事情など、つゆ知らず。

龍の一種である蜃は、その巨体で堂々と、小山町から御殿場市へと這いずっていた。

『力は、A級以上。あたし達は、一等級以下の原則に従って、今回は戦わないわ』

上位の三者が戦わないと宣言したことに、一樹は驚いた。

協会は「A級であればB級以下、B級であればC級以下と戦え」と通達している。それは互角の相手と戦えば、半々の確率で死んでしまうからだ。

槐の邪神退治では、相手はA級下位で、協会側はA級上位の豊川とA級中位の一樹を投入した。

一ランク差を保てなくても、それくらいの安全マージンは取る。

それに対して蜃の場合は、確証と安全マージンを取れないらしい。

故に危険を察知した宇賀は、人外の三者を参加させないと決めたのだ。

さらに立場や役割に鑑みて、諏訪と豊川を外して、宇賀が断わる形を取った。

宇賀は、元から厳しい役割を担っており、断わっても評価は変わらない。

——かなり危険なのか。

本来であれば、能力が詳《つまび》らかになるまで、手を出さないほうが安全だ。

人外達は、人間に慮《おもんぱか》らなくても良いので、原則を守れる。

だが三県に避難命令が発令されており、自衛隊が時間稼ぎをしている状況では、一樹達では注視が難しい。

『依頼を受けるなら、蜃の勢いを弱めることを契約内容にして、協会のホームページにも載せて、各メディアにも事前に伝えてから挑んだほうが良いわ。それと逃げる算段も、付けておきなさい』

対応せざるを得ない協会長に対して、宇賀は忠告を付け加えた。

◇◇◇◇◇◇

『御殿場市に侵入した蜃は、自衛隊の砲撃により進路を変更。現在、東富士演習場を西進中』

緊急の常任理事会から八時間後の午後五時。

山梨県にある山中湖上に、幽霊巡視船が陣取っていた。

巡視船の戦闘指揮所には、ヘリコプターテレビ伝送デジタル船上受信装置によって、自衛隊が撮影する標的の映像が入っている。

テレビ中継や無線通信も入っており、それらを合わせた情報の精度は極めて高い。

一樹は概ねの状況を把握しながら、湖上で待機状態にあった。


山中湖は、富士山の東、蜃が出現した小山町の北側にある湖だ。

山中湖と小山町の間には、神奈川県、山梨県、静岡県を隔てる三国山が聳え立っている。

山が射線を遮るために、山中湖上から御殿場市には、砲撃は出来ない。そのため本作戦では、蜃を北富士演習場まで誘導してから、撃とうとしている。

――幽霊巡視船は、最大火力だからな。

幽霊巡視船の燃費ならぬ呪力消費は、尋常ならざる激しさだ。

だが射程は一〇キロメートル、毎分三三〇発が連射可能で、初速一〇二五メートル毎秒でありながら命中精度も極めて高い。

しかも一樹の呪力も、尋常ではなく高い。

一樹が協会長や自衛隊の立場であれば、これほど理不尽な陰陽師と式神は動員する。そのため一樹は、砲台役よろしく湖上に配置された次第であった。

蜃の誘導役は、ほかのA級陰陽師と自衛隊が担っている。

『目標は、北上を開始しました』

誘い込む富士演習場は、陸上自衛隊にとっては庭先も同然だ。

演習を繰り返してきたために地形を熟知している。

駐屯地には装備も揃っており、ほかのどこに誘い込むよりも、上手く誘導が出来たはずだ。

攻撃用の呪符を積んだヘリコプターを飛ばして、物理に霊的な攻撃も混ぜながら、強引に蜃を引き寄せている。

攻撃用の呪符は、各都道府県支部から運び込んだ。

協会が出し惜しみをしなかったのは、蜃の特性に危機感を抱いたからだ。

『蜃の半径数百メートルに入った人は、死亡しています。小山町から東に移動すれば、東京都です。進路上には横浜市、川崎市、目黒区、世田谷区、杉並区……』

放置した場合の被害は、計り知れない。

協会が民間組織であろうとも、国民からの非難は絶大だろう。

そのため協会は、A級四位から七位までの四名を投じて対応にあたっている。

五鬼童は飛行と鬼火、協会長は式神術、花咲は犬神を出して、誘導に参加していた。


だが五鬼童と花咲は、近距離型の陰陽師だ。

協会長の向井も万能型であって、遠距離には特化していない。

A級であればこそ遠距離で戦えなくもないが、不得手な戦い方で同格のA級妖怪を倒すのは、不可能だろう。

蜃は、殺した人間の気を吸い込んでいるのか、受けたダメージは回復している。

このまま三者が遠距離攻撃を続けても、倒せる見込みはない。

「あれで倒すのは無理だな。ところで良房様、なぜこちらに」

巡視船の戦闘指揮所には、なぜか白面の三尾が居座っていた。

一樹が現地に到着したところ、協会長と共に来た良房が、一樹のほうに来たのだ。

「先だっての奉納品が多かった。その分、利益《りやく》が返ってきたと思えば良い」

「……はぁ」

先だっての奉納品とは、香苗を強化するに際して、一樹が豊川稲荷に納めた品々だ。

泰山府君の秘符一〇枚、鎮札一〇枚、紙の人形の撫物《なでもの》一〇体。

それらと香苗自身の歌唱奉納によって、香苗は成仏する狐の魂の欠片を五つ受け取った。

呪力はE級上位から、C級中位へと上がっており、一樹は奉納に見合う結果が出たと考えている。

だが狐側から見れば、お釣りが出たらしい。

——香苗の歌唱奉納も良かったし、奉納品も本物の泰山府君の神気で作ったからなぁ。

泰山府君は、陰陽道の最高神霊であり、生命と魂を司る。

その力を籠めた奉納品を使えば、人間でも病気快癒や延命長生が容易に可能だ。仙術を使える三尾の狐であれば、並々ならぬ祭祀を行えるだろう。

不充分と見なされると恥であるために、たくさん奉納したが、やり過ぎたらしい。

「私も万能ではない故、気休め程度に考えておきたまえ」

「畏まりました。御守り頂き、有り難く存じます」

かつて豊川に守られたことがある一樹は、三尾の強さを体験済みだ。

幾許《いくばく》か安心して礼を述べた後、映像の確認に戻った。


蜃は鬼火に炙られ、犬神に噛まれながら、術者がいる方向へと北上している。

協会長の術であるらしき式神の狸達も、一樹が飛ばす鳩のように、蜃に触れては爆発していた。

「協会長の術は、はじめて見ました」

狐と狸の仲は、あまり良くない。

四国では、弘法大師（空海）が、「鉄の大橋が架かるまで戻ってくるな」と狐を追い出している。

そして昔話にも、両者の争いはたくさん載っている。

「彼は、僧侶・守鶴の子孫であるらしいね」

「守鶴ですか」

守鶴とは、江戸時代後期に平戸藩主（長崎県）の松浦静山が著した『甲子夜話』に記録される大妖怪だ。

室町時代、群馬県にある茂林寺の一〇代住職に仕えた優秀な僧侶がいた。

僧侶は千数百年を生きた化け狸で、インドで釈迦の説法を受け、中国から日本に渡ったという。

釈迦が居た時代は、紀元前七世紀から紀元前五世紀頃と伝えられる。

釈迦に会った者が、現代まで生きていれば、二五〇〇歳から二七〇〇歳になる。

室町時代（一三三六年から一五七三年）の初期に一九〇〇歳だったならば、現代では二五〇〇歳を超えており、釈迦に会ったという守鶴の年齢は計算が合う。

その守鶴が愛用していた茶釜は、いくら汲んでも湯が尽きず、人々に福を与える意味から『分福茶釜』と呼ばれていた。

分福茶釜は守鶴の化身であり、夜中には茶釜に尾が生えたり、手足が伸びたりした。

その伝説を元に、絵本の『分福茶釜』も作られている。

ある日、守鶴が昼寝をしていたときに別の僧が覗いたところ、守鶴の股から狸の尾が生えていた。

正体を知られた守鶴は恥じて、茶釜を残したまま去ってしまった。

只人《ただびと》に正体を見られたことで、よほど恥じたのだろう。

狐と狸が同等の存在だと考えた場合、当時の守鶴の年齢であれば、狐の七尾から八尾に達する。

現代まで生きていれば、確実に九尾以上だ。

「大妖怪である守鶴の子孫ならば、呪力がA級にも届きますね」

呪力の高さは、遺伝要因と環境要因に影響される。

何代前が守鶴なのか、途中でどのような血が混ざったのかは知らないが、守鶴の子孫であれば、A級になっても不思議はない。

納得した一樹に対して、狸とは不仲な狐の良房は、つまらなそうに鼻を鳴らした。

その間にも蜃は、着実に北富士演習場へと誘導されていた。

山中湖から、西側の北富士演習場に向けては、三国山のような障害物がない。

だが蜃の巨体が幽霊巡視船の射程に入った後も、直ぐの砲撃は要請されなかった。

容易には逃げられない位置まで引き寄せてから、ようやく幽霊巡視船に砲撃の指示が出る。

『フェーズ二終了。誘導部隊は、射程内から退避した。これよりフェーズ三に移行せよ』

「こちらフェーズ三担当、賀茂一樹。PL二〇〇、砲撃を開始します。撃て！」

発令の直後、巡視船の四〇ミリ機関砲二門が霊弾を撃ち出した。

時速三六七五キロ以上もの速度で撃ち出された霊弾は、巨龍の腹に叩き込まれて、蜃をのたうち回らせた。

腹から白煙を上げた蜃は、白い気を吐きながら、腹の底に響くような低音で呻り声を上げる。

「グォオオオオォォッ」

気を吐き出した蜃は、半径一キロメートルほどの地上を白く染め上げた。

その範囲に入った人間は、吐き出された妖気を浴びて、軒並み殺されている。

だが巡視船もA級の力を持っており、四キロメートルから五キロメートルほど離れた位置から砲撃している。蜃の反撃は届かないし、届いてもA級の巡視船は倒せない。

射程外から一方的に撃たれた蜃は、吐く気も届かず、苦しみながらのたうち回った。

巡視船で情報収集のために点けているテレビの中継では、大盛り上がりだ。

戦場にカメラが入ると気を遣わなければならないが、協会の活躍を見せなければならないので、一樹は渋い表情を浮かべつつ受け入れる。

全弾が命中しているわけではないが、一樹の呪力は尋常ではなく高い。

かつてムカデ神と戦った時のように砲弾を撃ちまくったところ、蜃は動きを弱めていった。

『蛇は、存外にしぶとい。油断しないことだ』

「数ヵ月漬けた蛇酒の蛇が生きていて、人を噛んだ話を聞いたことがあります。妖怪の蛇などは、死んでも復活しそうですね」

良房から忠告を受けた一樹は、呪力の八割を消費するまで、砲撃を続けた。

テレビを見守っている人々も、ここまでやるのかと呆れているだろう。それくらいまで撃ち続け、完全に蜃が動かなくなったところで、ようやく砲撃を止めた。

「こちらPL二〇〇。呪力の大部分を消費。砲撃を完了した」

『フェーズ三終了。繰り返す、フェーズ三終了。これより、フェーズ四に移行する』

一樹の報告後、A級三人がトドメを刺すために、横たわる蜃へと向かった。

義一郎が空から降下し、協会長は鬼神大王が鍛えた日本刀を携えて走り、花咲は犬神を向かわせる。

対する蜃は、倒れたまま完全に動かない。

「勝ったな」

宇賀の予知は、外れたのだろう。

そう判断した一樹は、安心しながら、A級の三者が向かう様子を眺めた。

すると突然、蜃の身体から、白煙が激しく立ち上り始めた。

怪訝そうに眉を顰めた一樹がモニターを見守ると、白煙が晴れて、怪物が姿を現していた。

それは身の丈が五丈（約一五メートル）もあり、獅子のような鬣《たてがみ》を持つ怪物だった。巨大な獅子鬼は、身の丈に見合う巨大な斧を手にしながら、威風堂々と佇んでいる。

その傍らには、牛鬼に匹敵する大きさの醜陋な黒鬼も、畏まって控えていた。

◇◇◇◇◇◇

そんな獅子鬼の振るう斧の斬撃が、轟音と共に義一郎に迫っていく。

獅子鬼が身長一五〇センチメートルの人間であるならば、義一郎は割り箸の二一センチメートルや、五〇〇ミリリットル入りのペットボトルの長さ二〇・五センチメートルよりも小さい。

大きく飛び上がった獅子鬼は、降下していた義一郎に斧を振るっていた。

獅子鬼が跳躍したのは、良房の警告と殆ど同時だった。斧の重さなど感じさせない大きな跳躍で、

「今すぐ、逃げよ」

刹那、義一郎の身体から桃色の光が煌めき、一羽の海鳥が姿を現わした。

『竜宮壁』

義一郎を包んだ桃色の膜は、斧の衝撃を大きく緩和させた。

「一体、何が!?」

一樹が呆然と眺める中、原形を保ったままに叩き飛ばされた義一郎は、富士山の山肌に激しく衝

突していった。

サイズ的には、割り箸やペットボトルに、斧の刃先を叩き付けたようなものだ。あるいは、野球のバットで殴り飛ばしたようなものだろうか。

大型トラックで人間を弾き飛ばすどころか、三階から四階建てのビルを投げ付けて、それで人間を押し潰したにも等しい。

対する桃色の光は、どれほどの緩和があったのか。

とても無事とは思えなかったが、獅子鬼は健在で、今は義一郎の安否を確認するどころではなかった。

他方、義一郎の懐からは、桃色の海鳥が飛び出していた。

海鳥は高速で飛び回りながら、口から水弾を吐き出して、獅子鬼に浴びせ掛ける。

その水が獅子鬼の身体に触れると、酸が掛かったように身体から白煙が上がった。

「グゥヌウッ!?」

水を浴びせられた獅子鬼は、思わず呻き声を上げた。

海鳥は飛び回りながら、女の声で嘆声を上げる。

『だから各地に統括者を配置しろと、何度も言ったのよ』

嘆いた海鳥は、さらに水弾を生み出して、獅子鬼に浴びせ掛ける。

それは僅かな量であったが、獅子鬼を苦しめた。

『フルオロアンチモン酸って、ご存じかしら』

フルオロアンチモン酸とは、最強の酸性を持つ化学物質だ。

自然界には存在せず、硫酸の一〇〇〇倍の強さを持つ超強酸と比べて一京倍という強さを持ち、有機物全般を溶かせる。

二〇一三年九月、韓国の工場でフッ化水素酸が漏れた爆発事故では、従業員が全員死亡した。

さらに現場に駆け付けた警察や消防、地域住民など三五七二人も死傷し、周辺は特別災難地域に指定された。

また日本でも悲惨な事故や、犯罪でも使われており、死者も出している。


恐ろしい化学物質を浴びせられた獅子鬼は、斧を振り回して、突風を巻き起こした。

それは単なる物理的な突風ではなく、妖力を籠めて放った風の術だった。

水弾を吹き散らされ、さらに吹き飛ばされた海鳥は、天高く舞い上がっていく。

『ああ、やだやだ。あたしって、本当は、か弱い系の女子なのに。イメージが酷いわ』

高らかに舞い上がった海鳥は、獅子鬼の直上から水弾を落とし始めた。

対する獅子鬼は、斧を振るいながら術を使い、水弾を吹き散らしていく。

その時、現地の部隊に無線が入ってきた。

『陰陽頭・諏訪頼軌より、全陰陽師に撤退を命ず。五鬼童は、八百八狐で回収する』

通信を耳にした一樹は、慌てて戦闘指揮所から飛び出した。

A級一位の諏訪は、建御名方神の御魂を宿らせる現人神であり、人間に乗り移り託宣を行える。

無線機を持つ誰かに乗り移ったのであろうと考えた一樹は、いかに危機的な状況なのかを理解した。一樹は巡視船の戦闘指揮所から飛び出して、巡視船の甲板に走り始めた。

諏訪が指示を飛ばす間、すでに黒鬼は、北にいる花咲の側へと駆けていた。

相手を観察していたのは、人間側だけではない。

人間が蜃を観察する間、獅子鬼達も人間側の戦いを観察していたのだ。

犬神使いである花咲は、式神こそA級であるが、術者自身は中級陰陽師に過ぎない。それを見定めた黒鬼は、不意を突いて瞬く間に駆け寄ると、花咲に斧を振り下ろした。

A級の鬼が振るった斧は、D級陰陽師の身体を一撃で粉砕した。

そのまま花咲を踏み付けた黒鬼は、術者との繋がりを断たれた犬神が無念そうに消えるのを見届けた後、協会長を探した。

協会長は、自衛隊の車輌に乗り込み、北の富士吉田市へと逃げていた。

「A級一体を倒しに来て、S級一体とA級一体の増援など、冗談ではない」

事前の避難命令によって、道路は空いている。

爆走する車を見た黒鬼は、それを走って追い始めた。

全長八メートルの黒鬼は、身長一六〇センチメートルの人間の五倍の大きさだ。

歩幅は五倍で、力も尋常ではなく、走ればオリンピック選手どころではない速度になる。

「くそ、先に呪力を使いすぎたか」

愚痴をこぼした協会長は、呪術を唱えながら、窓から呪符を次々と放り投げた。投げ出された呪符は、狸の姿を形作ると、足止めを図るべく黒鬼に向かっていく。

それから次々と爆発が発生していった。


その間、獅子鬼は手にしていた斧を上空に投げ飛ばしていた。

斧は回転しながら飛んでいき、素早く躱した海鳥と交差した瞬間、粉々に砕け散った。

飛び散った斧の破片が、至近を飛行する海鳥の身体を乱打する。

『ここまでかしらね』

無数の破片には、大量の妖気が籠められていた。

それによって術を破壊された海鳥は、ついに力を失って墜落を始めた。

落ちていく海鳥は、かつて一樹が無人島で見た、桃色の髪の女性が髪に挿していた珊瑚の簪に戻っていった。

ひび割れた簪は、北富士演習場の片隅に落ちて、無力に転がる。

それを踏み潰した獅子鬼は、呪力で新たな斧を生み出すと、山中湖上に向かって駆け始めた。

すでに巨大な鳩を生み出した一樹は、巡視船を消して、上空に舞い上がっていた。

巡視船を飛び降りた良房は、撤退の時間を稼ぐべく、湖上を獅子鬼に向かって駆けている。

湖面に映る良房の姿は、人から白狐へと変化していき、次第に大きくなっていく。

『一度生を享け、滅せぬもののあるべきか』

やがて獅子鬼の半分ほどの大きさに変じた白狐は、その巨体で獅子鬼に迫っていく。そして戦いの火蓋は、両者とは異なる者が切って落とした。

『鳴弦』

一樹が振るわせた弦の音に乗って、おぞましき穢れが、戦場を震撼させていく。

魂すらも底冷えさせる気配に、思わず立ち止まって斧を構えた獅子鬼の足元から、ボロボロになった白く巨大な手が、湧き出してきた。

「ぬおっ!?」

飛び退こうとした獅子鬼の足首を掴んだ亡者の手が、ガッチリと握り締める。

その手に纏わり付いた穢れが、獅子鬼の足首を侵食し始めた。

「はっ、離せえっ！」

力一杯に振り上げた足に繋がる亡者の手首が、千切れんばかりに伸びた。

だが亡者の手は、獅子鬼にしがみついて離さない。

『槐ノ祓』

上空の大鳩から、白光を放つ一本の矢が射られた。

それは獅子鬼の身体に迫り、獅子鬼が振るった斧に弾き返された。

「ぐうっ」

矢の威力が想定外に大きかったのか、斧が弾かれて獅子鬼は体勢を崩した。

その間に迫っていた巨大な白狐が、獅子鬼に襲い掛かる。

『狐火』

飛び掛かった白狐は、正面に巨大な炎の塊を生み出して、獅子鬼に飛ばした。

斧を弾かれて、体勢を崩していた獅子鬼は、咄嗟に斧を捨てて右手で狐火を打ち払った。

途端に狐火が膨れ上がり、炸裂した呪力が獅子鬼の全身を焼き付ける。

「ガアアッ！」

狐火が消えた瞬間、白狐は獅子鬼の右手に食らい付いていた。鋭い牙で噛み付いた白狐は、身体を捻って獅子鬼の右手を噛み裂いた。

対する獅子鬼は、咄嗟に左手を振り上げて、白狐を殴ろうとした。

『白虎ノ祓』

上空の遙か彼方より、白虎の如く駆け抜けてきた矢が、獅子鬼の左手に噛み付いた。

突き立てられた矢は、籠められた呪力の分だけ獅子鬼の左手を噛み裂くように暴れ回った。

「ぬぉおおおっ、人と狐の分際でっ！」

激発した獅子鬼は、矢が刺さったままの左手で白狐の首筋を掴むと、右足で腹を蹴り飛ばした。

執拗に蹴り続けると、やがて白狐の術が解けて、一樹が奉納した人型に変じて消え失せる。

獅子鬼が空を見上げると、既に大鳩の姿は見えない。

「グオオオアアアッ！」

殺意を籠めて、獅子鬼は天に向かって咆吼した。

それで幾分か冷静さを取り戻したのか、獅子鬼は部下と使役する龍に命じた。

「羅刹、戻るぞ。蜃、さっさと起きろ！」

『ははっ、畏まりました』

周囲には、自衛隊の部隊が配置されている。

陰陽師は壊滅しており、砲撃が再開するのは時間の問題だ。

再び動き出した蜃が、気を吐き出した。

すると獅子鬼と羅刹の身体は、蜃気楼の中へと消えていった。

◇◇◇◇◇◇

臨時の常任理事会が開かれたのは、富士山麓での交戦から四日後だった。

奈良県にある協会本部に集ったのは五人。前回と比べると、義一郎と花咲の姿がなく、代わりに諏訪と豊川が姿を見せている。

先の交戦では多数の死者を出したが、陰陽師の殉職者は、七位の花咲だけだ。

ただし、狐達に回収された義一郎は、脊椎を損傷する重傷だった。

脊椎の損傷は、位置と程度によって障害の状態が変わってくる。

脊椎とは背骨のことだ。背骨は、上から頸椎七個、胸椎一二個、腰椎五個、仙骨と尾骨で、合計二六個で構成される。そして背骨の中間に保護されるように、脊髄という神経の束が伸びている。

人間が身体を動かそうと思ったとき、脳が神経を介して、動くようにと指令を出す。

脊髄が損傷すれば、脳からの命令が届かなくなり、身体を自由に動かせなくなる。

脊髄は、脳に近い位置から、頚髄、胸髄、腰髄、仙髄に大別されている。そして脳に近い位置の脊髄が損傷するほど、身体の上から動かなくなる。


義一郎は、背骨が折れて、脊椎を損傷した。

現代の医療技術では脊椎損傷を治し切れず、鎌鼬も頭と身体を切り分けて治すなど不可能だ。

そのため義一郎の引退は不可避で、協会は真のA級二人を失ってしまった。

——流石に協会長も、顔色が悪いな。

協会長の顔色は、血の気が引いて白くなっている。

対する宇賀は、「だから言っていたでしょう」と目で訴えている。

遥か以前から危険を伝えてルールを設け、自分達が参加しないくらいに危ういのだと警告して、宇賀は五鬼童に簪を持たせ、豊川は一樹に白面の三尾を付けた。

人間の陰陽師達を束ねる組織であるが故、人間を会長に据えて、行動を決めさせているが。

「豊川様、良房様のご助力に御礼申し上げます。おかげで助かりました」

「あれは、奉納に対する御利益ですので」

一樹が感謝を伝えると、豊川は素っ気なく応じた。

肝心の魔王達は、蜃の損傷が大きかったのか、そのほかの理由なのかは判然としないが、あれから姿を消している。

避難命令は、神奈川県の山北町に限って解除された。だが静岡県の小山町、御殿場市、山梨県の富士吉田市、山中湖村、忍野村の住民は、自宅に帰れていない。

荷物が必要で勝手に帰った者もいたが、効果の高い守護護符を持たずに入った者は、蜃に気を吸われて絶命した。そのため避難地域への進入は、禁止が徹底されて、道路も封鎖された。

「魔王はS級中位で、羅刹はA級中位に思えるわ。蜃は、魔王の式神のようなものかしらね」

宇賀の評価を聞いた一樹は、獅子鬼が引き上げた理由に思い当たった。

一樹が使える気は、一〇〇万ほどの神気と、五〇万ほどの龍気だ。式神の使役に六〇万を使っており、自由に出来るのは九〇万となる。

それら九〇万のうち、八割ほどを蜃に叩き込んだ。

普通に計算すれば七二万ほどのダメージを与えたはずだが、幽霊巡視船の砲撃は、燃費が悪い。いくらか弱まるが、それでも蜃がA級上位の四〇万以下であれば、おそらく倒せる。

だが蜃が、式神のような存在であれば、話は別だ。

獅子鬼がS級中位で、二〇〇万の呪力を蜃の回復に充てたならば、蜃は滅びない。

一樹の攻撃によるダメージを回復させ続けた獅子鬼は、妖気を想定以上に消費させられた。

さらに宇賀や良房の攻撃を立て続けに浴びて、それなりに手傷も負って退いたのだ。

——地蔵菩薩の神気は、効くはずだが。

推定・荒ラ獅子魔王は、かつて毘沙門天と戦って敗北し、逃げ延びた。

仏教の仏は、如来、菩薩、明王、天部の序列順で分類される。

明王と天部との力の差は、逸話で分かる。

天部にして四天王でもある毘沙門天は、ヒンドゥー教ではクベーラと呼ばれる。

クベーラはヒンドゥー教の三主神である破壊神シヴァ（ヴィシュラヴァス）の息子だ。

クベーラとシヴァでは、シヴァのほうが強いとされるが、そのシヴァは明王である不動明王に連行されて、踏み殺されて、蘇生されている。

したがって天部（毘沙門天）と明王（不動明王）では、明王のほうが力は上だ。

そんな明王に命を下したのが釈迦如来で、菩薩は如来になる修行過程の者達だ。

そのため仏の序列は、如来、菩薩、明王、天部となる。

毘沙門天で倒せたならば、地蔵菩薩の神気も効くはずだ。

だが蜃の蜃気楼を使って逃げ果せたのであれば、逃げ隠れする力は相応だ。

「S級は、手に負えないわよ。あの辺りは、妖怪の領域になったと認識しなさい」

宇賀は協会長と一樹に向かって、認識を改めるようにと言い聞かせた。

魔王は肉体を持っている様子だったので、現代兵器も効かないわけではない。

だが蜃気楼の中に逃げられると、通じなくなる。兵器で倒すのは困難だ。

「花咲家は、暫くしたら犬神が一族の誰かに憑くわ。五鬼童家は嫡男がB級上位で、まだ伸びる。

二人をA級の後継にすれば良いわよ。それとB級も、増やして頂戴」

協会長に対して、A級候補を指名した宇賀は、さらにB級の昇格も求めた。

「五月の常任理事会で、昇格できる者は昇格させております」

「その後に上がった五鬼童家の娘とか、元から上がっていた娘とか、居るでしょう。静岡だって、本当は居たのだし。直ぐに統括者にさせなくても、手が増えるだけでも良いわよ」

宇賀は一樹のほうを見ながら、語気を強めて告げた。

——槐の邪神退治で、豊川様が沙羅を視ていたか。

B級陰陽師が仕事をすれば、統括者の仕事と負担が減る。

一樹には、魔王が出た時期に昇格させたくない気持ちもあった。だが現状に鑑みて、沙羅と凪紗をB級に推薦する旨を伝えた。

書き下ろし番外編

天邪鬼

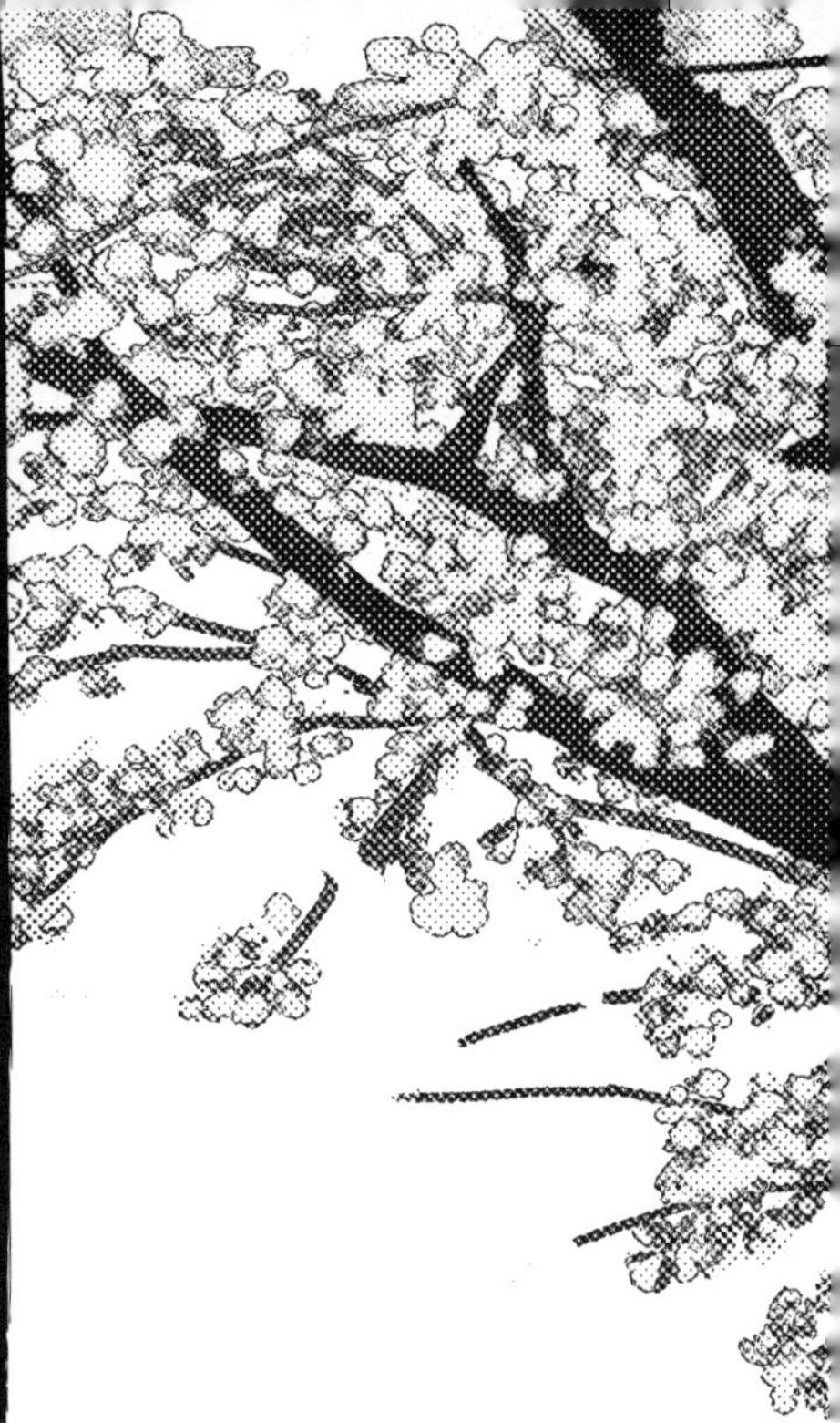

てんせいおんみょうじ・かもいつき

ポカポカと暖かい陽気が続いた五月の末。

卿華女学院の中等部二年四組に在籍する伏原綾華は、いつも通り授業を受けて、ホームルームを終えて、さあ放課後のクラブ活動へというタイミングで、呼び止められた。

「たのもー」

綾華を呼び止めたのは、ピンクのロングヘアが映えるクラスメイトの若槻姚音だ。

ハの字になった眉が、困っていることを如実に表している。

綾華は困惑しつつも、ツッコミを返した。

「どうれー……って、いつの時代よ」

姚音の「たのもう」は、他家を訪問して案内を請う際の語「お頼み申します」だ。対する「どうれ」は、訪問者に「何《ど》れ何《ど》れ」と返答して、用件を聞いている。

偏差値が高い卿華女学院の生徒ならではの古風な言い回しであったが、言葉遊びをした割には、姚音の表情に余裕がなさ過ぎた。

「とりあえず談話室でも、借りようか」

「お願いします。それと楓も来て」

「へっ、私も？」

綾華の提案に姚音がお辞儀を返し、その場に居た楓も指名して、三人は談話室に赴いた。

中高一貫の卿華女学院は、日本でも上から指折り数えるお嬢様学校だ。

現在も日本で三指に入る財閥のお嬢様や、A級陰陽師常連の家柄の子女などが通っている。

日本の首都は東京だが、京都には歴史があって、旧華族や陰陽師の名家が住んでいる。

その子女が通う学校への寄付金は推して知るべしで、設備も当然ながら立派だ。

中等部には、寄付金で作られた大学の談話室が、いくつか設けられている。また水のペットボトルだけだが、生徒が一日一本無料でもらえる無料自販機も設置している。

談話室に赴いた綾華達は、ＱＲコード付きの学生証で水のペットボトルを取り出すと、席に腰掛けて人心地付いた。

それから徐ろに、綾華は語り始める。

「とても嫌な予感がするんだけど。楓を呼んだ時点で、お兄ちゃん関連の予想が付くし」


綾華の予想は、綾香達の関係性から推察したものだ。

普段から仲の良いグループでは、琵琶湖に浮かぶ幽霊巡視船を見に行った四人が挙がる。そのうち一人を相談から除いたのだから、普段の集まりに関係する話ではないだろう。

綾華と楓に関連して、もう一人には関係しないことは何か。

そこで綾華は、自身の兄を思い付いた。

四月に楓の皮を被った陽鞠が「取らないで」と言い、姚音達が受け入れた一樹に関係することであれば、綾華と陽鞠だけを呼んだとしても不思議は無い。

綾華の予想を聞き、姚音の顔色を窺った陽鞠は、牽制した。

「姚音、戦争」

「しないしない」

ブンブンと首を横に振り、すぐに否定した姚音は、涙目で呻り声を上げた。

「うーっ、どうしよう」

「とりあえずワケを話しなさいって。楓は、ステイ」

「ガウガウ」

狂犬と化した元怨霊の陽鞠を、無意識に呪力で抑えながら、綾華は姚音に質した。

すると促された姚音は、怖ず怖ずと答える。

「うちは和歌山県の天神崎に暮らす猩々《しょうじょう》なんだけど……」

猩々とは、東北の岩手県から、本州最西端の山口県に生息する妖怪だ。

人化した時は、緋色あるいは紅色の長い毛を持つ美男美女だ。

元の姿はオランウータンに近いとされるが、猩々に言わせれば「人間に近い存在として猿を挙げているに等しい」と不満を呈す。

姚音自身は、スリムな長身で、桜の花弁のように美しい髪に、薄紅色の瞳が魅力的な美少女だ。

本人は長閑な性格で、妖らしい魅惑的な雰囲気を気質で抑え込んでいる。

姚音の一族である和歌山県の猩々は、古くから田辺市の天神崎《てんじんざき》に住処を構えてきた。

主な生業は漁業で、田辺湾などで魚を獲って暮らしてきた。

猩々達が自分達の土地としているのは、田辺湾に突き出した陸の半島部分だ。半島の天神崎と目良に、猩々達は村を形成している。

「村には、昔から伝わる風習があって」

「村に伝わる風習って、何？」

姚音が口にした風習という言葉に、綾華は眉を顰めた。

田舎には様々な風習が伝わるが、それらは一概には否定できない。

極端な例では、悪鬼を封じている神楽などだろう。神楽を止めれば、封じていた悪鬼が復活して人々を襲うだろうと想像できる。

あるいは国家単位であれば、近代化を目指して陰陽寮を廃止した明治政府が挙げられる。

古くさいから止めろと言って中止した結果、大変な事態に至った例は、少なからずある。

「村の風習は、結婚に関することで……」

天神崎の周辺では、浜辺で男が笛を吹くと、若く美しい女の猩々が現れて、曲を催促する。そこで男が笛を吹くと、猩々は礼をして、呪力が高くて気に入れば付いて行ったりもする。

逆に凜々しい男の猩々は、交易で人里に来て、人間の女性を誑かしたりもする。誘拐するわけではなく、ナンパして誑かす。

それらは猩々の村の風習として、長らく続けられてきた。

自分には無い遺伝子を求めるのか、人は猩々に、よく魅了される。

そんな猩々と人とは交配できて、混血も生まれてきた。

天神崎がある田辺市に住む人々には、猩々の遺伝子が少なからず入っている。

「人と交わるのは、血を広げて、土地も守るためだって。笛を吹いた人が強い呪力を持っていたら付いていくのは、人身御供の意味もあるの」

「人身御供って、生け贄っていうこと？」

「そう。強い相手から攻め込まれるのを防いで、逆に守ってもらうために、娘をどうぞって」

猩々は、人化できる妖怪の集団としては弱い部類に属する。

だが強い相手との血縁関係で土地を維持しており、立ち回りは上手い。

婚姻外交は、猩々にとって最大の処世術だった。

「現代的にはアウトな話だと思うけれど。そんな風習、まだ残っているの？」

「……田舎の妖怪だから」


現代における風習の必然性について綾華は疑問を抱いたが、過去であれば理解は出来た。

天神崎では千人単位が暮らせるが、狭いエリアで交配を繰り返すのは、遺伝的に好ましくない。

それに人間の集団は強力で、生息地を維持するためには、交流と混血も欠かせなかっただろう。

かつて七福神の一柱に数えられたこともあり、猩々達の長年に亘る努力もあって、猩々達は人間に有益と判断されている。

そのため姚音のように、人間社会で戸籍を得ることも叶っている。

それが過去の風習であるならば、少なくとも風習は、子孫達に安寧を齎している。

「その風習のせいで、困ったことになっていて」

言い難そうな姚音の様子に、綾華と陽鞠は顔を見合わせた。

綾華が想像したのは、人身御供の事態になり、一樹に助けを求めるパターンだった。

A級六位の一樹は、五人しか上役が居ない。

そのうち二名は女性で、一名は高名な現人神、一名は高尚な修験道の伝承者、一名は協会長だ。

一樹の上役には、理不尽に振る舞える相手が居ない。

一樹が介入する場合、相手が人間であれば、呪力的には下位者しか居ないので抑えられる。


相手が妖怪であれば、どうなるのか。

A級陰陽師の一樹は、B級中位の鉄鼠を投げ飛ばし、B級の村上海賊船団を蹴散らした。

牛鬼に蹴り飛ばされて、比叡山を転がる鉄鼠の姿は、YouTuboで再生数が億単位に届いている。

幽霊巡視船が瀬戸内海を開放した動画では、国外から派遣を求める要請が届いていると、ニュースに流れていた。

――相手がB級以下だったら、お兄ちゃんがぶっ飛ばして終わりかな。

A級陰陽師は、日本の切り札とされる。

都道府県単位の問題では滅多に顔を見せず、大事件では問題を薙ぎ払っている。

先だっては、大発生していた虎狼狸を人知れず排除していたと、発表されていた。

一樹を投入できた時点で、B級以下の問題は、解決したも同然だ。

ほかのA級陰陽師が出来ずとも、底知れぬ呪力を持ち、賀茂家の陰陽道を継承した一樹ならば、数百年に亘って棚上げされてきた問題だろうと解決できる。

ただし綾華は、自分自身のことで連絡するのであれば兎も角、ほかのことで安請け合いして兄を困らせようとは思っていない。

綾華は堅く口を結んだ後、若干冷たい口調で尋ねた。

「その困ったことって、一体何なの」

「つまり天神崎に天邪鬼が居座って、風習の人身御供が必要になったの」

状況を伝えた姚音は、綾華に眼差しで助けを求めた。

天邪鬼は、世間に広く知られる妖怪だ。

元々は、天佐具売や天探女と呼ばれており、天照大神が葦原中国を得るために派遣した天稚彦《あめわかひこ》に仕える者として、『古事記』や『日本書紀』にも名が載る。

葦原中国を得るために派遣された天稚彦は、大国主神の娘が妻になって戻らなかった。

そのため天照大神は、真意を確認すべく鳴女《なきめ》という雉を派遣したが、天探女は天照大神の神託を不吉な鳴き声だと伝え、天稚彦が鳴女を射殺している。

神託をねじ曲げた行為が天探女《あまのさぐめ》を零落させて、天探女は天邪鬼になったという。

「天邪鬼は元女神で、女の鬼なんだよね。それなのに、娘を差し出せって言うの？」

相手が天邪鬼であれば、女の鬼だ。

困惑する綾華に対して、姚音は眉をハの字にしながら答えた。

「天邪鬼って人の心を察せて、嫌がることが好きだから、お父様が嫌がることをしてきたの」

「確かに、物凄く嫌な要求ね」

天邪鬼が嫌がらせをする話は、枚挙に暇がない。

東京都町田市には、花嫁行列を邪魔するために水や泥を溢れさせた伝承が残る。

その沼にあった橋は、「縁切り橋」と呼ばれている。


また猩々達が住む和歌山県にも、天邪鬼の伝承が残る。

昔、海が荒れると紀伊大島に渡ることが出来なくなるために漁師が祈ると、神が橋杭《はしぐい》を一夜のうちに作るようにと告げた。

そこで地元の者達が一生懸命に橋杭を用意していたところ、天邪鬼が鶏の鳴き真似をして邪魔をしたために、橋が完成しなかった。それが和歌山県にある橋杭岩だと伝えられている。

「天邪鬼が正反対のことをする話は、聞いたことがあるけれど」

「そう。それ」

迷惑な天邪鬼だが、とても強い力を持つことでも知られている。

かつて天邪鬼が箱根山に住んでいた頃、皆が知らない間に富士山を無くそうとしたことがある。

そして天邪鬼は、夜になると富士山の土を運んで、せっせと海に捨てていた。

ある日、作業に取り掛かるのが遅れて、土を運んでいる途中で夜が明けてしまった。

その時に溢《こぼ》してしまった土が、標高一一六六メートルの二子山。捨てていた土で生まれたのが、伊豆半島の南東にある伊豆大島だとされる。


だが天邪鬼には、力を失ったエピソードも伝わる。

かつて天下に火の雨が降ったとき、南の空から降ってくるのを天邪鬼が「北の空から来る」と騙して、出入り口が南に向いた岩屋を造らせて逃げ込ませたことがあった。

その罪で天邪鬼は、青面金剛明王に踏み潰され続けており、力を失ったそうだ。

今では大した力を持たない神だが、性格は相変わらずだ。

「村長のお父様が、娘を嫁にやりたくないと思ったから、その心を読んだ天邪鬼が娘を寄越せって言ってきたの。女の鬼なのに」

「それは天邪鬼らしくて、物凄く意地悪な話ね……」


天邪鬼は心を読み、正反対のことを言って意地悪をして、しかも女鬼である。

これが『醜い中年男性の鬼に嫁ぐ』ならば好みの問題になるが、『醜い中年女性の鬼』ならば、嫌がる理由には、新たに「同姓で子供を持てない」などが加わって、大幅に嫌さが増す。

しかも相手は、好きだからではなくて、嫌がらせをしたくて求めている。

常識的に考えて求められる側は、嫌であるに決まっている。

だが零落したとはいえ、かつて天邪鬼は女神だった。

対する猩々は妖怪で、平均的な力は雄でD級、雌でE級でしかない。

天神崎など、いとも容易く制圧されてしまうだろう。

「ぜひ、お兄様にお取り次ぎを……たのもー……たのもー……」

姚音は怨霊のように、「お頼み申します」と呟き続けたのであった。

◇◇◇◇◇

実家から連絡を受けた姚音は、招聘《しょうへい》が叶った一樹と綾華達を伴い、猩々の村に帰省した。

力の強い鬼との戦いが想定されたため、一樹は綾華達の同行を断ろうとした。だが綾華は「妹のお願い」で却下しており、陽鞠も食らい付いて、着いて来た。

村に訪れた一樹達が目にしたのは、牛鬼に匹敵する巨大な赤鬼と、萎縮する村人達だった。

「いぇっへっへ。めんこい娘達が来たねぇ」

その天邪鬼は、脂ぎって中年太りしており、男の鬼と見間違うような醜い容姿だった。イヤラシい笑みを浮かべており、嗄れた声は老婆のようだ。

綾華達を嘗め回すように、頭の上から爪先まで、じっくりと観察してくる。

そんな気持ち悪い天邪鬼の様子に、一樹達は思わず鳥肌が立った。

――流石、嫌がることが大好きな天邪鬼だ。

一樹は正面に立ちはだかり、綾華達を背中に隠しながら天邪鬼を観察する。

呪力は牛鬼以上で、A級中位ほどに感じ取れる。

——これは力比べだと負ける。困ったな。

零落して、青面金剛明王に踏み潰されようとも、流石は元女神である。

力を測った一樹の表情が強張ると、天邪鬼は破顔して宣言した。

「よしお前、力比べをしよう。負けたら、その娘達を差し出しな」

力比べを求めたのは、一樹の表情を読んだからだろう。

だが綾華まで要求した天邪鬼に対して、一樹は激怒して言い返した。

「馬鹿を言うな。村の風習は知らんが、村人ではない娘達が巻き込まれる理由は無い。お前の要求は、村の慣習に従って、村娘を差し出せと言うことだろう」

「おやおや、良いのかねぇ。見たところ、その娘達はお友達なんじゃないかい。あまり態度が悪いと、娶られたお友達が毎晩、大変なことになっちゃうかもしれないねぇ。いぇっへっへっへ」

天邪鬼は舌を突き出して、ペロリと唇を舐める。

さらに両掌を上に向けて、十本の指をイヤラシく、滑らかに動かしてみせた。

——うげぇ。

その仕草に総毛立った一樹は、震える右手で天神崎の先にある小元島を指差し告げた。

「あの島をどちらが早く崩すかの力比べだ。お前が勝てば、村人が村の慣習に従うことには口を出さない。俺が勝てば、お前が村娘をもらうことは諦めろ」

「おやぁ、あたしは山を崩すのは、ちょっとだけ得意なんだよ」

かつて富士山を崩していた天邪鬼は、得意分野の提示に口角を吊り上げて、深い笑みを溢した。

「良いから始めるぞ。準備は良いか」

「いえっへっへ。あたしは、いつでも良いよ」

「だったら、始め！」

一樹が間を置かずに開始したのは、心の中を読ませないためだった。

「うひゃっはー！」

飛び出した天邪鬼が、小元島に向かって駆けていく。

それを見詰めていた一樹は、呪力を介して式神に命じた。

『撃て』

直後、四〇ミリ機関砲に撃ち出された砲弾が、沖合から雨のように降り注いできた。

「ぎゃあああああっ⁉」

襲い掛かってきた砲弾は、隠形《おんぎょう》で伏せていた幽霊巡視船によるものだ。

砲撃を容赦なく叩き付けられた天邪鬼は、吹き飛ばされて天神崎を転がった。

「な、なっ、何をするんだいーっ！」

「何と言われても、どちらが早く島を崩すかの勝負だろう。自分が島を崩しつつ、相手が島を崩せないようにしているだけだが」

「あんたっ、良い度胸だねぇ。だったらこっちも……うぎゃあああっ」

言いかけた天邪鬼に対して、一樹は容赦なく砲撃を再開させた。

砲弾に籠められているのは、地蔵菩薩の神気である。菩薩は明王よりも格上で、天邪鬼を踏み潰す青面金剛明王よりも、力が強い。

そして一樹が使える神気も、天邪鬼のA級中位の五倍に及ぶS級下位だ。

「さっきは牛鬼を思い浮かべたが、俺が使役しているのは牛鬼だけじゃないぞ」


一樹はA級中位の幽霊巡視船や、A級下位の信君を次々と思い浮かべた。

それらと牛鬼と足せばA級上位で、式神だけでも天邪鬼を二倍は上回る。

一樹自身の呪力も高く、不意打ちにも成功しており、天邪鬼とは距離も離れたために、現状では負ける要素が皆無だ。

「さっきはどうして、困ると思ったんだいっ！」

必死に逃げ回る天邪鬼は、現状と、読んでいた一樹の内心との不一致を追及してきた。

すると一樹は、困った表情を浮かべながら宣う。

「だって島を崩したら、自然破壊で怒られるだろう。先に天邪鬼を撃って解決しないといけない。はぁ、困った、困った。倒す手順が面倒で、大変だ」

「小僧、ふざけんじゃねぇ！」

「はぁ、困ったから、撃ちまくろう」

「うっぎゃあああーっ」

転げ回る天邪鬼の周囲に、土煙が立ち上る。

幽霊巡視船の攻撃は強力で、命中精度は高く、呪力は異常に高い。

一樹に接近戦を挑めたとしても、牛鬼と信君という合算してA級中位の存在が控えており、対する天邪鬼は既に力を削られている。

勝てる可能性は皆無。

しかも接近戦を挑めば、逆に天邪鬼は逃げられなくなる。


「くそっ、もういいいっ！」

――おいおい逃げるなよ。逃げられると困るなぁ。

「うるさい、黙れ。わざわざ内心で、ふざけたことを思うな」

撤退を決意した天邪鬼は、飛び上がって浜辺を走り、浅瀬を駆けて海中に飛び込んでいった。

一樹は海中に砲撃を続けさせたが、命中率が下がってトドメも刺せないと見なしたところで、砲撃を中止させた。


後に残ったのは、天神崎の山肌が荒れた日和山と、唖然とする村人の猩々達だった。

その中心に立っている赤髪の壮年男性に向かって、姚音が目線で訴える。

すると壮年男性は、一樹に向かって宣言した。

「うむ、素晴らしい力だ。よく分かった。娘を連れて行ってくれ！」

猩々の村の風習では、強い者に娘を渡して、代わりに守ってもらっている。

居合わせた赤い髪の村人達も、壮年男性の宣言に納得の表情を浮かべた。

「村長の婿さん、たまげた強さだなぁ」

「こんなに強ければ、村も安泰だぁ」

大いに盛り上がる村人達の様子を見て、姚音は父親に言う予定だった苦情を飲み込んだ。

その代わりに陽鞠が、苦情を訴える。

「もう一樹さんは、予約済みです！」

ガシッと一樹の左手を抱き抱えて、顔を赤らめながらも陽鞠はキッパリと否定した。

いつの間に予約されたのだと首を傾げつつも、とにかく目先の話を断るために、一樹は敢えて陽鞠の話を否定せずに村長のほうに向き直った。

「あれだけ強ければ、側室でも妾でも良し！」

現代人の常識は、古い風習が残る猩々の村には通じないらしい。

困惑する一樹を他所に、綾華に向き直った姚音が、恐る恐る尋ねた。

「姚音のこと、お義姉ちゃんって呼ぶ？」

一樹の左右に陣取った綾華と陽鞠が、冷たい眼差しで一樹を見据えた。

対する一樹は天を仰ぎ、無心で青い空を見上げたのであった。

あとがき

はじめに、三巻までお買い上げ下さったあなたに、御礼申し上げます。

本作を書籍化した際、三巻を出せるお約束は、ございませんでした。

すべては、お買い上げ頂けるか否か次第。本作をお買い上げ頂き、三巻を出させてくださって、ありがとうございました。三巻をお楽しみ頂けましたら、作家冥利に尽きます。


イラストレーターのhakusai先生、素敵な絵を描いて下さり、いつもありがとうございます。

本作コミカライズは、陰陽師物を描かれたことのある漫画家の芳井先生でなければ困難でした。素晴らしい絵の動き、そして漫画独自の面白い展開を描いてくださり、感謝申し上げます。

そして今回、イラストレーター・きばとり先生に口絵や挿絵を描いて頂けました。

X（旧Twitter）とpixivのイラストを拝見し、素晴らしすぎて焦りましたが、きばとり先生のイラストで三巻を描いて頂けたことを大変嬉しく思います。ありがとうございました！


出版社のTOブックスで、本作に関わって下さる関係者の方々にも、御礼申し上げます。

社員インタビューを拝読し、本作を見つけて下さった副編集長様の仕事配分に驚愕致しました。本が作られるまでに、こんなに色々とやって下さっているのだと知り、大変恐縮しております。

本作を担当して下さる編集様のインタビューは見つけられませんでしたが、メールの着信時間と対応速度で、いつも震えております。

営業グループ、電子書籍グループ、コミックス編集グループの皆様、そして私が気付けていない縁の下の力持ちの皆様にも、この場をお借りして御礼申し上げます。

さて、本作に『魔王』が登場しました。西洋の魔王をイメージされるかたが多いと存じますが、そもそも魔王は、仏教用語でございます。

仏教で、生物が輪廻転生で赴く、『六道』（天道、人間道、修羅道、畜生道、餓鬼道、地獄道）。その中で、天道の最下部である六欲天（いまだ欲に捉われた世界）の『第六天』（他化自在天）に、仏道修行を妨げる悪魔・魔王が居るとされます。

魔王達は、元々は人間界ではなく、天界から来たようです。すると単なる人間では、相手をするには荷が重いのかもしれません。

四巻は、その厄介な魔王対策で、一樹達が奔走します。

天界の住人にも、少しは責任を取ってもらいたいところですが、どうなるのでしょうか。

これからも書籍版、漫画版に応援を賜れますよう、何卒よろしくお願い申し上げます。

赤野用介

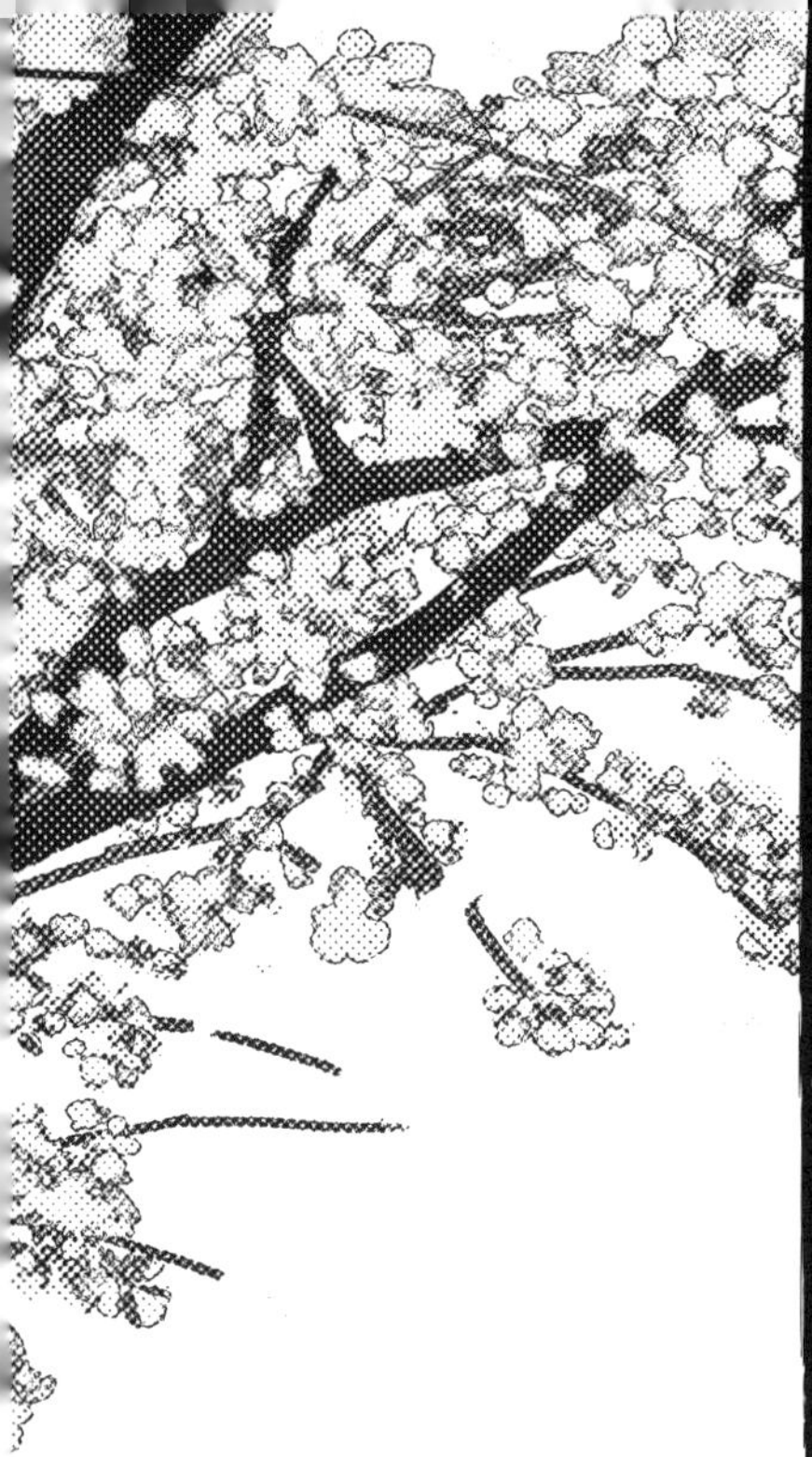

コミカライズ第3話　試し読み

漫画　芳井りょう
原作　赤野用介
キャラクター原案　hakusai

てんせいおんみょうじ・
かもいつき

第3話
陰陽師国家試験
二次試験会場
一次試験の呪力測定は
D級以上の陰陽師による
推薦状でパスできる
C級陰陽師
ま……
一次試験会場への
電車代も
馬鹿にならない

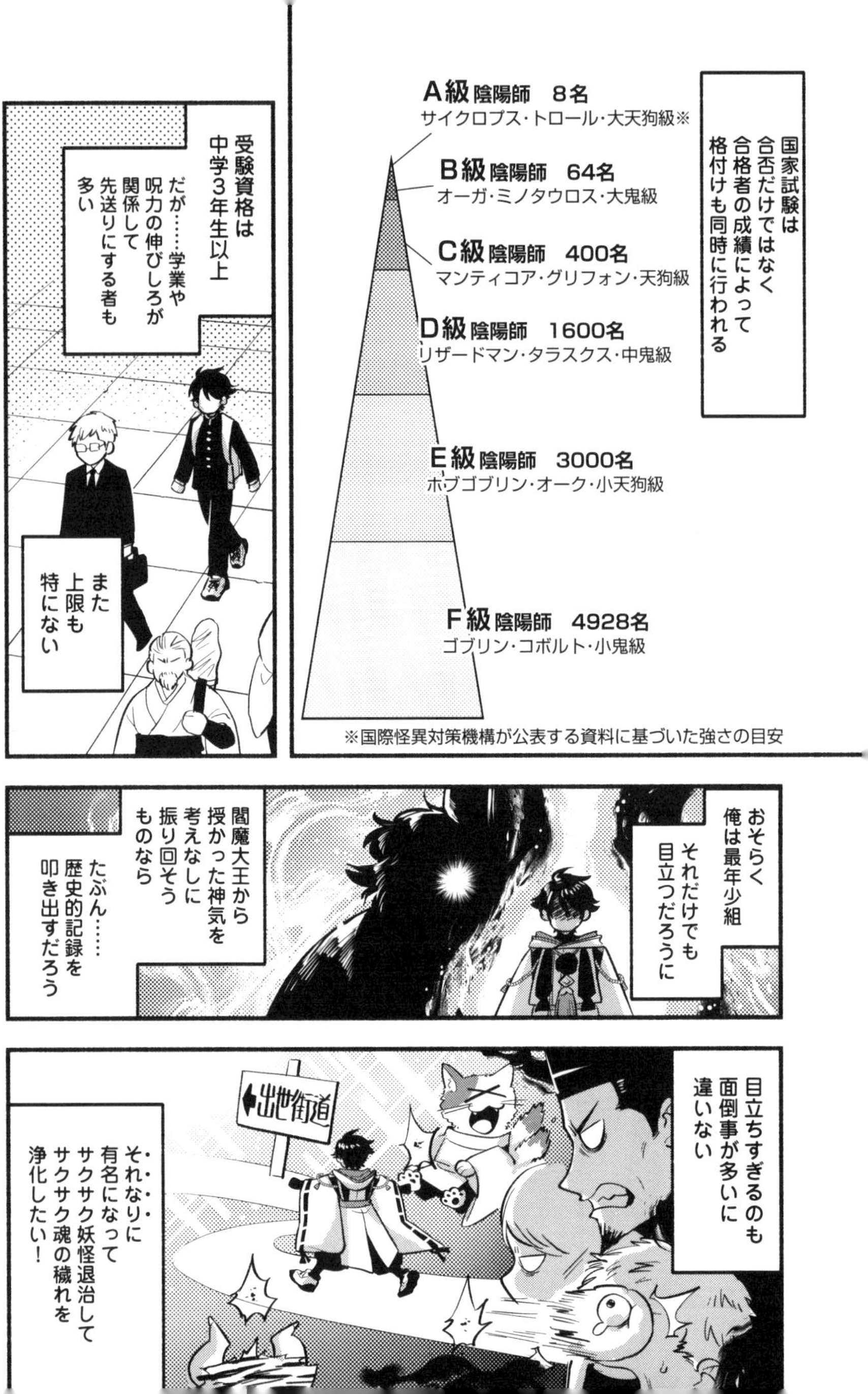

国家試験は合否だけではなく合格者の成績によって格付けも同時に行われる
A級 陰陽師 8名
サイクロプス・トロール・大天狗級※
B級 陰陽師 64名
オーガ・ミノタウロス・大鬼級
C級 陰陽師 400名
マンティコア・グリフォン・天狗級
D級 陰陽師 1600名
リザードマン・タラスクス・中鬼級
E級 陰陽師 3000名
ホブゴブリン・オーク・小天狗級
F級 陰陽師 4928名
ゴブリン・コボルト・小鬼級
※国際怪異対策機構が公表する資料に基づいた強さの目安
受験資格は中学3年生以上
だが……学業や呪力の伸びしろが関係して先送りにする者も多い
また上限も特にない
おそらく俺は最年少組
それだけでも目立つだろうに
閻魔大王から授かった神気を考えなしに振り回そうものなら
たぶん……歴史的記録を叩き出すだろう
目立ちすぎるのも面倒事が多いに違いない
出世街道
それなりに有名になってサクサク妖怪退治してサクサク魂の穢れを浄化したい！

つまり
ちょっと手を抜いて
ギリギリ首席で合格!
Tactical
ここが
俺の狙い目だ
ポト.
あの!
落としましたよ

学生服
双子
ありがとう
ございます
にこっ
あなたも
陰陽師に？
ええ
国家試験
お互い
がんばりましょうね
…………

はい！
少なくとも
あなたの相方は
素直にそう
思ってないみたい
ですけど……
東1

……陰陽師国家試験
副責任者・兼試験監督
五《ご》鬼《き》童《どう》義《ぎ》輔《すけ》である
まずは注意事項を説明する
会場には多数のカメラが設置されておりライブ中継されている
全国民が君たちを見ている
不正が判明すれば失格・資格剥奪のうえ5年間の受験資格停止となる
不正行為は厳に慎むように

二次試験の内容は「符呪《ふじゅ》」
霊符の内容は「守護護符《しゅごごふ》」
和紙と朱墨《しゅぼく》を用いて霊符を作成してもらう
試験時間は3時間
その間に6枚を作成し隣の会場へ移動
実技を行う
こちらで用意した式神を用いて6枚のうち3枚をランダムに選び
選ばれた3枚を実技試験に使う
ポン
……我々陰陽師協会は
君たちの中から毎年500人ほどの陰陽師を補充しなければならない

つまり
陰陽師とは
毎年500人ほどが
呪力減衰や
殉職によって
引退する世界――
ということだ
特に殉職率は
警察官や自衛隊の
数百倍である
余った
和紙と朱墨
分けてもらえ
ないかなー
前もって
言おう
霊符すら
作れぬ者など
協会には不要
気を引き締めて
あたって
もらいたい――
チラシの裏に
墨汁でも
俺の神気なら
まともな
霊符を作られるさ
でもアレ
材料の質を力で
カバーしてるから
結構肩が
凝るんだよなー

それでは
二次試験を
開始する
始め！

3時間で6枚の守護護符作成――
一般的にはなかなか厳しい内容だな
紙に気を封じて効果を長期間保たせるのは放つより難しい
それに――
1枚の霊符を全力で作るだけなら並みの知識と修練があれば難しくないけど
6枚という物量は気の配分ペースを求められる
考えなしにすべての霊符を全力で作ろうとしてもいい結果にはならないだろう
ス…
……一般的にはな

どうする？ もう終わりかけてしまった
まだ2時間半も残っている 素直に作り終えたら間違いなく悪目立ちするなぁ……
最後の1枚を悩むフリでもしてようか
う～ん
てかさ…… あいつ5枚も作り終わっているよ

他の受験生と違って霊符光ってない？符に気が満ちてるってこと？
OPEN 開
どーせ符の表面に幻術をかけただけのハリボテ霊符だよ去年もやっている奴いたぜ
陰陽師バー「酒呑童子《しゅてんどうじ》」
ていうか手抜いているのバレバレだし舐めプか？
目立ちたがりの炎上狙いだろ〜一次試験で落とせよなこういう奴〜
……今作っているやつなんの守護護符？
さあ……？
あっ超エリート家の双子ちゃん
かわいー
もっと映んないかな〜

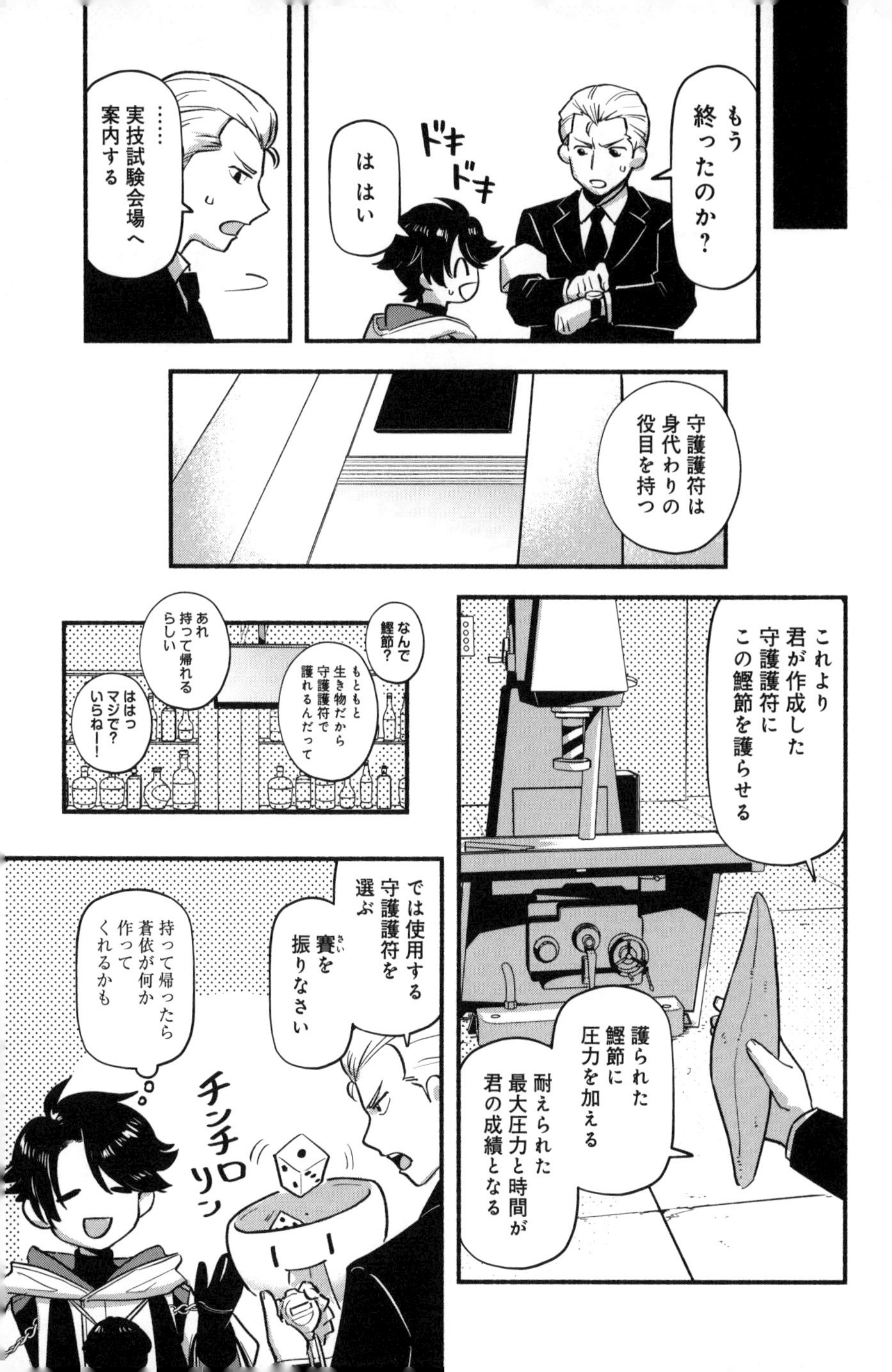
もう終ったのか?
ドキドキ
はは はい
……実技試験会場へ案内する
守護護符は身代わりの役目を持つ
これより君が作成した守護護符にこの鰹節を護らせる
護られた鰹節に圧力を加える
耐えられた最大圧力と時間が君の成績となる
なんで鰹節?
もともと生き物だから守護護符で護れるんだって
あれ持って帰れるらしい
ははっマジで?いらねー!
では使用する守護護符を選ぶ
賽《さい》を振りなさい
持って帰ったら蒼依が何か作ってくれるかも
チンチロリン

では1枚目の耐久度を測定する
始め!
1枚目の守護護符には八咫烏・朱雀の気を込めた
オヤツは弾むからうまく働いてくれよ
カァッ♪
300キロ……
600キロ……

オオオオオ
1トン 3トン
……12トン
どういうことだ？ 1枚目で既に例年の合格ラインを遥かに超えている
オオオ
50トン 測定限界
守護護符の色こそ変化したが 鰹節には傷ひとつついていない

がんばれ朱雀！
がんばったら森の小鬼食べ放題だぞ！
えっ
スポッ
カァ♪
!?
わーーーい
メリッ

ご………
50トン
23秒
ざわっ
しん
……次の守護護符を測定する
ピッ
この試験は制限時間内に・・・・まともに機能する6枚の霊符を作成する技術を見るものだ
次の守護護符は最初から測定限界の50トンで測らせてもらう
はい………
がっつり怪しまれてるなあ……
とりあえずがんばれよ玄武!

2枚目
測定結果
50トン 1分以上
※プレス機故障のため測定中止
…
歴代最高記録じゃないか？
いち受験生の作成する精度ではないぞ
ざわ
ざわ
絶対浮いてる……
あれ 俺が弁償するの？
うわぁあああっ

オオオオオ
ヤバイヤバイ！
事故ってる
事故ってる！
あんな
デカい式神
見習いに制御
できるわけ
ないのに
見栄
張るから……
CORONA EX
続きはコロナEXで！
TObooks

転生陰陽師・賀茂一樹

～二度と地獄はご免なので、閻魔大王の神気で無双します～

四

赤野用介
カバーイラスト hakusai
口絵・挿絵 きばとり

どこへでもお供します、
主様！
対魔王の第一手は、
秘伝呪具の素材集め!?
とある陰陽師が地獄から返り咲く
無双萬屋、第四弾！
2024年発売！
コミックス1巻も絶賛発売中！

TOブックス
コミカライズ
連載最新話が
読める!!!!
「本好きの下剋上」をはじめとする
TVアニメ化作品盛りだくさん!!

漫画配信サイト
CORONA EX
コロナEX
TObooks
2nd Anniversary
詳しくはこちら!!
https://to-corona-ex.com/
2周年!!

転生陰陽師・賀茂一樹　三
～二度と地獄はご免なので、閻魔大王の神気で無双します～

2024年6月1日　第1刷発行

著　者　赤野用介

発行者　本田武市

発行所　TOブックス
〒150-0002
東京都渋谷区渋谷三丁目1番1号　PMO渋谷Ⅱ　11階
TEL 0120-933-772（営業フリーダイヤル）
FAX 050-3156-0508

印刷・製本　中央精版印刷株式会社

ISBN978-4-86794-186-7